負けヒロインと俺が
付き合っていると
周りから勘違いされ、
幼馴染みと
修羅場になった
vol.2
AVL
NEKO
ネコクロ
Nekokuro
Illust. piyopoyo

「みんな、おまったせ～」
神風凪沙
Nagisa Kamikaze
秋実真凛
Marin Aki
（はわわ……
だ、大丈夫
でしょうか……？）

「悪いな、朝早くから来てもらって」
葉桜陽
You Hazakura
根本佳純
Kasumi Nemoto
「待ち合わせ時間ギリギリね」

「えへへ、陽……」
右手には金髪美少女。左手には黒髪美少女という
両手に花状態になってしまった陽。
夕陽に染まる綺麗な風景を眺めながら、
どうしてこんなことになったのか
自問自答し続けることになるのだった。
「陽君……」

負けヒロインと俺が付き合っていると周りから勘違いされ、幼馴染みと修羅場になった 2

ネコクロ

OVERLAP

CONTENTS

illustration : piyopoyo

「――ふわふわします……」

陽《よう》と屋上で話した後、家に帰った真凛《まりん》は熱に浮かされたように顔を赤く染めていた。

今までの自分では信じられないくらい、大胆なことを言っていた自覚が真凛にはある。

「おかしいですね、あんなことを言うつもりではなかったのに……」

実は真凛は、あの屋上に向かった時は陽との関係性を終わらせるつもりでいた。

晴喜《はるき》と話をしてお互い納得したのは本当だが、クラスにいる佳純《かすみ》がご機嫌なことから、陽と佳純の仲も解決したと見ていたのだ。

それなのに自分がいるといらない火種になるのはわかっていたので、陽のためを思って真凛は身を引くつもりでいた。

そもそも、陽から関係の終わりを告げられると真凛は思っていたため、そこで頷《うなず》いて終わり――それが、真凛の思い描いていたシナリオだったのだ。

しかし、陽と自分が一緒にいることは陽のためにもなることだと聞いた瞬間、真凛の中で期待が生まれた。

そして実際に陽から関係を終わらせると告げられた時、真凛は胸が凄《すご》くしめつけられ、気が付いたら陽の袖を摘《つ》まんでしまっていた。

無意識のうちにやってしまった行動。

それはつまり、本心だということなのだろう。

「私は、葉桜《はざくら》君のことが好き……なのでしょうか……？」

ベッドにポスッと寝転がった真凛は、自分に問いかけるようにそう言葉を発した。

そして――。

「〜〜〜〜っ！」

自分がとてつもなく恥ずかしいことを言っているのに気が付き、パタパタとベッドの上で暴れ始める。

真凛はそのまま五分間ほど悶《もだ》え続けた後、やっと落ち着くと今度は佳純のことを考え始めた。

「そういえば最後のほうしか聞くことはできませんでしたが……根本《ねもと》さん、かなり葉桜君を束縛していたのですよね……？　休みの日とか、一日中一緒にいたとか……。お二人の関係が直ったということは、もしかしてまたこれからも……」

そう考えると、真凛の胸は途端に締め付けられた。

特に二人が――陽が、佳純に膝枕をしている姿や、彼女を抱きしめて頭を撫《な》でている姿を思い浮かべると、泣きそうになるほど苦しくなる。

今の二人がそれらのことをするとは限らない。

しかし、陽の過去話を盗み聞きしてしまった時の内容からは、過去にそういうことを二人がしているのは間違いなかった。

「………」

胸が苦しくなった真凛は、思わずスマホを取り出して陽にメッセージを送ろうとする。

しかし、なんと送っていいのかわからず、スマホの画面を見たまま真凛は固まってしまった。

「葉桜君にとって、私の立ち位置はどうなのでしょうか……？」

陽は真凛に対して、自分を好きに使っていいと言った。

だからメッセージでも電話でもしていいことになっており、最近では昨日を除いて毎晩真凛は陽に電話をしているのだ。

だけど、結局それに対して陽がどう思っているのかは真凛にはわからない。

好意的に捉えられているのであればいいが、マイナス的に捉えられていた場合、それは凄く困る。

今更になって、真凛は陽に連絡をするのが怖くなった。

「……あっ、そういえば……」

陽に送ってもいいのかどうか悩んでいた真凛は、一つ思い出したことがあり、宛先を変えることにした。

『ご相談、させて頂いてもよろしいでしょうか？』

つい先日、『何かあれば連絡しておいで』と連絡先を教えてくれた相手に、真凛はそうメッセージを送ってみる。

すると、すぐに返事があった。

『気軽に相談していいにゃ』

そのメッセージは、猫語という真凛にとってはとてもかわいく思える言葉で書かれていた。

人気者でとても忙しいはずなのに、すぐに返信してくれたことを真凛は嬉《うれ》しく思う。

『えっと、少し話しづらいことなんですけど……』

『陽君のことでしょ？　佳純ちゃんとの関係でも聞きたい？　それとも、陽君の好きなタイプとかが知りたいのかにゃ？』

メッセージを送り返してすぐに返ってきたメッセージを見て、真凛は思わず息を呑《の》む。

ネットの噂《うわさ》で聞いていたけれど、本当に察しがいいことに真凛はとても驚いた。

そしてそれと同時に、自分の気持ちが見透かされていることに対してカァーッと全身が熱くなる。

『そ、その通りなのですが、念のためご確認させてください……。凪沙《なぎさ》ちゃんは、葉桜君と恋人ではないのですよね……？』

恥ずかしさから頭に血が上ってしまった真凛は、思わず昨日から気になっていたことを一緒に聞いてしまった。

「――あっ、私なんてことを送って……！　だめだめ！　おくっちゃだめ！」

そして慌てて中止しようとする真凛だが、無情にもメッセージは送信された。

送ってしまってはもうどうしようもない。

こちらのメッセージを消したところで、送ってしまった相手――凪沙へのメッセージは消えないのだ。

『にゃはは、にゃいにゃい！　陽君は僕のことそんな目で見てないと思うし！』

気に障ったらどうしよう――そんなふうに待ち構えていた真凛に対し、やりとりの相手は愉快そうな返信をしてくれた。

その文面を見て真凛は二重の意味で安堵《あんど》する。

『そ、それでは、ご相談に乗って頂けますと嬉しいです……。あ、あと、葉桜君には内緒にして頂けると……』

『おけおけ。とりあえず電話で話そうにゃ』

『いいのですか……？』

『うん。ただ一つ言っておくけど、相手はすっごく手強《てごわ》いから覚悟しといたほうがいいにゃ～』

その相手とは佳純のことを指すのか、それとも陽のことを指しているのか真凛は気になったが、とりあえず教えてもらった電話番号へと電話をかけるのだった。

◆

「――遅い」

真凛との話し合いが終わった後、陽が家に着くとドアの前で私服姿の佳純が仁王立ちをして待っていた。

なぜか露出度の高い服を着ている佳純を見た陽は、目のやり場に困りながら口を開く。

「悪い」

陽は学校で何をしていたかは言わず、短くそう謝った。

そして佳純の横を通り、ドアの鍵を開け始める。

「わざと焦《じ》らしてたの？」

「そういうつもりはない」

不服そうに見上げてくる佳純に対し、陽は首を横に振って答える。

今日は佳純としていた約束の日だ。

陽が何をしていたか知らない佳純からしたら、いじわるをされていると思っていたのかもしれない。

しかし――。

「開いた、入れよ」

「………」

陽がドアを開けると、佳純は一瞬だけ目を輝かせ、そしてしおらしい態度になりながら陽の服の袖を摘まんできた。

どうやら先に入るつもりはないらしい。

そうしていると、いつも陽の帰りを心待ちにしているにゃ～さんが玄関に現れた。

そして、かわいらしく口を開けて鳴き声をあげる。

すると――。

「にゃ～さん！」

先程のしおらしい態度はどこへやら。

佳純のテンションは跳ね上がり、学校では絶対に出さないような高い声を出してにゃ～さんに飛びついた。

「にゃっ！」

「にゃ～さん久しぶり！　相変わらずかわいいね～！」

「にゃにゃ」

スリスリと頬ずりをする佳純に対し、にゃ～さんは嫌がるどころか嬉しそうに頬ずりを返した。

久しぶりの再会に、にゃ～さんも喜んでいるようだ。

そんな佳純たちを眺めながら、陽はこう思った。

（俺の周りの女子は、本当に猫を前にすると性格変わるよな……）と。

佳純は陽の視線を気にした様子もなく、キリッとした表情になってにゃ～さんと向き合う。

そして——ビシッと、にゃ〜さんを指さした。

「にゃ〜さん、大福！」

「にゃっ！」

「にゃ〜さん、甘えポーズ！」

「にゃっ！」

「凄い凄い、ちゃんと覚えてるんだね！　よしよし！」

「にゃ〜」

出した指示に対してにゃ〜さんがきちんとポーズを決めたため、佳純はご機嫌そうににゃ〜さんの頭を撫でる。

実は、にゃ〜さんに芸を仕込んだのはこの佳純だったのだ。

「おやつもちゃんと持ってきたからね」

「にゃ〜！」

佳純がチューブ状の猫のおやつを取り出すと、にゃ〜さんはご機嫌そうに食べ始めた。

その様子を見ていて、陽は二年前の光景を重ねる。

そして、不思議と温かい気持ちになった。

「もうこのままにゃ〜さんと遊べば？」

「何、約束を破るわけ？」

佳純《かすみ》たちの様子を見て陽《よう》は善意的な意味で言ったのだが、逆の意味で捉えた佳純はとても怖い目をして陽の顔を見上げてきた。

そのせいでにゃ～さんはシャッと佳純の手から逃げ、陽の後ろに隠れてしまう。

「あっ！　陽のせいでにゃ～さんに逃げられたじゃない！」

「いや、今のはお前のせいだろ……」

文句を言ってくる佳純に呆《あき》れながら、陽は怯《おび》えてしまった可哀想《かわいそう》なにゃ～さんを抱き上げる。

そして、よしよしと頭を撫でてあげた。

すると、にゃ～さんは気持良さそうに目を細めてスリスリと甘えてきた。

「………」

そんな陽とにゃ～さんを佳純は羨ましそうに見つめ、クイクイと陽の服の袖を引っ張り始める。

「どうした？」

「早く、お部屋」

まるでおねだりをするかのように上目遣いでそう言ってきた佳純に対し、陽は思わず息を呑んでしまった。

そして、にゃ～さんを佳純へと預ける。

「とりあえず、服を着替えてくる」

このまま空気に流されてはいけないと思った陽は、そう言って佳純から距離を取った。

すると――。

「いじわる……」

佳純は途端に拗《す》ねてしまい、昔の彼女と重なって見えた陽は、頭を抱えたくなるのだった。

（これ、ずるずると昔のように戻るパターンだろ……）

――と、そんなことを思いながら。

◆

「――おまたせ」

陽は普段着に着替え終えると、リビングでにゃ～さんと遊んでいた佳純に声をかける。

佳純はにゃ～さんとの時間をよほど楽しんでいたようで、だらしない笑みを浮かべながらにゃ～さんの肉球をプニプニと触っていた。

にゃ～さんを前にするとデレデレの表情をする幼馴染《おさななじ》みの顔は見なかったことにし、自分の部屋に戻るため踵《きびす》を返す。

陽が迎えに来たことで、佳純は心なしか嬉しそうにその後を付いていく。

にゃ～さんは眠たそうにしていたので、ふかふかクッションの上に寝かせてあげておいた。

　そして、陽の部屋に入ると——。

「——陽」

「ん？……何してるんだ？」

　名前を呼ばれ振り返った先で佳純が黒のストッキングに手を伸ばしているのを見て、陽は訝《いぶか》しみながらそう尋ねる。

　しかし、佳純はその問いかけに対して答えることはせず、スルスルと黒のストッキングを脱ぎ始めた。

　黒の部分が減っていき、染み一つない白くて綺麗《きれい》な肌が顔を出し始める。

　陽はその光景から目を逸《そ》らすことができず、佳純が脱ぎ終えるところまで見届けてしまった。

　そして、脱ぎ終わった佳純はニヤッとした笑みを向けてくる。

「好きでしょ、こういうの？」

「人を変態扱いするのやめてくれるか？」

「でも、目は釘《くぎ》付けだった」

　佳純はそう言いながら近付いてきて、ニヤニヤとした表情で至近距離から陽の顔を見上げてくる。

　そんな彼女に対し、陽は顔を背けながら口を開いた。

「気のせいだ」

その様子を見て、佳純は内心ほくそ笑む。

そして、さらなる追い打ちをかけてきた。

「陽、ベッドに座ってよ」

「は？　なんで？」

「膝の上に座らせてもらう」

「――っ」

「いいわよね？　だって、あなたに拒否権はないはずだもの。約束はちゃんと守ってもらうわよ？」

佳純と陽がした約束――それは、毎週一日だけ佳純を陽の部屋に入れ、彼女の好きにさせるというものだった。

しかし、昔はどうであれ、約一年半は喧嘩《けんか》をしていた二人だ。

陽は佳純が少しずつ距離を詰めてくると思っていたため、この唐突な言葉には面食らってしまった。

「お前、恥じらいとかないのか？」

「陽が全てを水に流したいって言ったんでしょ？　私はその意を汲《く》んでるだけ」

「しかしなぁ……」

「約束、守らないのなら怒るわよ？」

怒った先に何をするつもりなのか——そう考える陽だが、佳純を刺激することはよくないと既に十分わかっていた。

だから、どんどんとややこしい状況になってしまうことがわかっていながらも、陽はベッドに腰を掛ける。

すると、佳純はとても嬉《うれ》しそうに陽の膝の上に座ってきた。

そして、少しだけ体を丸めてトンッと陽の胸へと自分の側頭部を預けてくる。

もう誰がどう見ても甘えん坊モードだった。

「性格変わりすぎだろ……」

「昔からこうだったじゃない」

確かに、佳純の言う通り二年前までは二人きりになると、佳純は途端に甘えん坊になっていた。

しかし、一度離れた上に、仲直りするまでの佳純は陽を恨んだ態度を取っていたのだから、急にこんな甘えん坊になられるとどうしたらいいのかと陽は戸惑ってしまうのだ。

それに、この甘えん坊になった佳純を甘やかし続けた結末が、重度の依存をする佳純なのだ。

このまま甘えてくるのを許していいのかどうか、陽は心の中で凄《すご》く悩んでしまう。

そして、視線の向け先も困った。

現在佳純は、普段着ないであろう肩や脇が出るノースリーブのトップスに、下半身をほ

とんど隠せていないミニスカートを穿《は》いている。

要は肌をたくさん露出しているため、どこを見てもバツが悪くなってしまうのだ。

視線のやり場に困る陽に対し、佳純はニヤケ顔で口を開いた。

「どうしたの？　何か困ってるようね？」

「お前、わかってて聞いてるだろ？」

「さぁ、なんのことかしら？」

ニヤニヤとする佳純に対し、陽は頬をつねりたい衝動に駆られる。

しかし、そんなことをしてしまえば佳純が怒ってしまうので、グッと我慢をして口を開いた。

「随分と露出好きになったんだな」

「勘違いしないでくれる？　こんな格好を見せるのは陽だけよ」

そう言われて喜んでいいのかどうか。

とりあえず、この格好で家の前にいたのだからご近所さんには見られているわけだが、どうやら佳純は気にしていないらしい。

「誰が喜ぶんだ……」

「へぇ～？　でも、生足、好きでしょ？」

佳純は挑発するような目をして、白くて綺麗な自分の足を手で撫《な》で始める。

その動きに陽の視線は思わず釣られてしまうが、すぐに慌てて自分を戒めた。

「俺はそんな変態じゃない」

「思春期なんだから、自分の欲望に素直になればいいのに」

「そう言われて欲望を解放するのは、馬鹿がすることだ」

そう答えた陽だが、チラチラと佳純の太ももに視線が行っているので説得力なんてなかった。

「女子に興味なさそうにしてたけど、陽って実はムッツリよね？」

「ふざけんな、下ろすぞ？」

「そんなことしたら、陽にいじめられたっておばさんに泣きつく」

「………………」


この世で陽が唯一苦手とするもの。

それは、何を隠そう母親だったりする。

毎日無駄だと思いながらも渋々学校に通っているのも、母親に逆らえないせいだ。

そのことを知っている佳純は、陽の母親を盾にすれば大抵の要求が通ることを幼い頃から知っていた。

陽と仲違《なかたが》いをした時にその力を使わなかったのは、そんなことをすれば本当に陽とやり直せなくなることを本能で察していたからだろう。

しかし、やり直せた今、大抵のことならここぞとばかりに使い始めるのは間違いなかった。

「お前、本当に昔からずるいよな……」

「陽が素直に私を甘やかせば済む問題」

「そして堂々とそんなことが言えることにも頭が下がるよ」

結局陽は佳純を下ろすことは諦める。

すると、佳純が期待したような目を向けてきた。

「はい、頭撫でて」

どうやら、甘やかしてもらえると思ったらしい。

仕方がないので、陽は佳純の頭に手を伸ばして優しく撫で始める。

それで満足したのか、また佳純は陽の胸に頭を預けて頬ずりをするのだった。

◆

「――えへへ、陽～」

あれから何時間経《た》ったのだろうか。

まるで今までの時間を埋めるかのように、佳純は飽きもせずずっと陽に頬ずりをしていた。

たまに首元にも頬ずりをしてくるため、陽はくすぐったいのを我慢するのでせいいっぱいだ。

(見た目は成長してるのに、中身は子供のままなんだよな……)

大人のように振る舞っている佳純《かすみ》だが、実は根はとても子供だったりする。

佳純は幼い頃から陽《よう》のように他人を突っぱねる態度を取ってきた。

しかしそれは、彼女の根が冷たいというわけではなく、実は陽の真似《まね》をしていただけなのだ。

陽は佳純との関係を嫉妬する人間やからかってくる人間が嫌になり、拒絶という形を取るようになった。

そしてその分、幼い頃から一緒にいた佳純をかわいがるようになったのだ。

それにより自分は陽に特別扱いされていると思った佳純は、陽以外の存在を取り合わないことで陽と二人だけの空間を作れると思った。

そのせいで他人を突き放すようになってしまったのだが、根は甘えん坊なのだ。

だから陽と二人きりになると、こんなふうに途端に甘え始めてしまう。

そしてそんな佳純を陽が甘やかし続け、佳純の我《わ》が儘《まま》のほとんどを許し、困ったことがあると陽がすぐに手を差し伸べて解決してしまうので、彼女の根は子供のままになってしまっていた。

しかし――。

幼い頃から変わらない幼馴染みに対し、陽は自分の罪を再認識する。

「陽、手が止まってる。ちゃんと撫でて?」

こんなふうに甘えられると、突っぱねるのは気が引けてしまうのだ。

そのため、上目遣いでお願いをしてきた佳純に対し、陽はまた優しく頭を撫で始める。

それだけで佳純はデレデレだった。

（こんなところ、学校の奴《やつ》らが見たら全員驚愕《きょうがく》するだろうな……）

普段のクールな様子からは想像がつかないほどに、甘えん坊となっている佳純。

クールで素っ気ない態度の佳純しか知らない学校の生徒たちは、この光景を見たら別人と疑うことだろう。

それくらい今の佳純は学校の時と性格が違った。

「――にゃ～」

そうして佳純を甘やかしていると、リビングで寝ていたはずのにゃ～さんが陽の部屋に来た。

どうやら陽と佳純を捜してきたようだ。

二人を見つけると、にゃ～さんはジャンプで佳純の太ももの上に乗っかってきた。

そして、自分も撫でて、と鳴いて陽にアピールする。

しかし、現在陽の手は空いていない。

左手は佳純の背中からお腹《なか》にかけて回しており、体を固定する役目を担っている。

右手はといえば、現在佳純の頭を撫でているわけで、これをやめると佳純が途端に拗《す》ねてしまう。

そのため、陽ににゃ～さんを撫でる手は残っていなかった。

すると、陽の代わりに佳純がにゃ～さんに手を伸ばす。

「にゃ～さんは、私が撫でてあげるね」

「にゃっ」

佳純が優しく抱き上げると、にゃ～さんは満足そうに佳純の胸へと頭を預ける。

そのため、佳純は陽に抱かれたままにゃ～さんの頭を撫で始めた。

その表情は母親のような母性に満ち溢《あふ》れており、にゃ～さんのことをとてもかわいがっているのがわかる。

（普段からこの表情をしていればいいのにな……）

佳純の優しい表情を見ながら、陽は思わずそんなことを考えてしまった。

「ねぇ、陽」

「ん？」

「にゃ～さんの動画デビューの件、考えてくれた？」

佳純の顔を見つめていると、佳純はにゃ～さんの頭を撫でながらそう聞いてきた。

それは、二年前から佳純が陽に持ち掛けている企画だ。

「いや、前も言ったけど、にゃ～さんの動画を載せる気はないぞ？」

「むぅ……折角芸を覚えさせたのに……」

陽に駄目と言われ、佳純は不服そうに頬を小さく膨らませる。

「にゃ〜さんを見世物にするようなことはしたくないんだ。佳純だって、顔出しは嫌なんだろ？」

「そうだけど……絶対に人気になるのに……」

「まぁ俺たちのチャンネルなんだから、にゃ〜さんに負担をかけることはなしで行こう」

にゃ〜さんなら、余裕でカメラ目線のポーズを決めてくれそうな気はするが、あまり負担をかけたくない陽は絶対にそこを譲るつもりはない。

それがわかっている佳純は溜息《ためいき》を吐《つ》き、にゃ〜さんの肉球でプニプニと遊び始めた。

そして、ゆっくりと口を開く。

「でも、そろそろサブチャンネル作りたいなぁ。他の有名な動画配信者はみんな持ってるし、風景動画だけだといつか頭打ちになるかもしれない」

それは、二年前から佳純が懸念していたことだ。

幸い今はまだ視聴者が増え続けているし、陽もいろんな風景を求めて動画を撮ることができているけれど、いつかは限界がくると佳純は思っていた。

それに対しては陽も同感で、何か新しいことを始めないといけないとは思っていたのだが――その頃佳純と衝突してしまい、結局その問題は先延ばしになってしまったのだ。

仲直りした今、二人は今後のチャンネル運営について考えないといけない。

「佳純は歌も上手だし、歌ってみた、とかしたらいいんじゃないか？」

「でも、それだと喉を痛める可能性があるから……。ナレーションの声は大切にしたい」

「う～ん……」

「あっ、そうだ！　陽と二人でカップルチャンネルなら顔出しで――」

「却下だ」

「――っ！――っ！」

「痛い痛い。そんな叩《たた》くな」

佳純のとんでもない提案を間髪容《かんはつい》れず突き放すと、佳純は頬をパンパンに膨らませて陽の胸を叩き始めた。

よほど気に入らなかったらしい。

結局二人はその日答えを出すことができず、傍《はた》から見るとカップルにしか見えないようなことをし続けるのだった。

◆

「――おはよう、陽」

「………」

次の日の朝、家を出ると制服姿で待ち構えていた幼馴染《おさなじ》みを前にし、陽は思わず黙り込んでしまう。

その幼馴染み――佳純は、そんな陽の顔をニコニコ笑顔で見つめており、陽は頭を抱えたくなった。

「話が違う」

「えっ？」

「佳純と約束したのは、一週間に一日だけ俺の部屋で自由にさせるという内容だったはずだ。それなのに、どうして一緒に登校しようとしているんだよ？」

「別に、登校云々《うんぬん》に関しては禁止もされてないんだから、問題ないと思うの」

陽に文句を言われた佳純は、不服そうに小さく頬を膨らませてソッポを向いた。

その態度に陽は（子供か！）とツッコミたくなるが、こうなってしまった佳純が言うことを聞かないことも知っている。

だから、仕方なく佳純の隣に並んで口を開いた。

「あのな、一応木下《きのした》と付き合ってることになってるんだろ？　他の男子と一緒に歩いているところを他の生徒に見られたら、佳純の評価が下がるぞ？」

「何を今更。誰かさんのせいでダダ下がりだから、今更何も問題ないわよ」

佳純は陽のお願いにより、一昨日他の生徒たちの前で真凛《まりん》の足止めをしていた。

それにより生徒たちからは佳純が変な奴だと思われており、評価が下がってしまっているのだ。

佳純はそのことを言っている。

「いや、俺のせいみたいに言うけど、元はといえばお前のせいだからな？」

陽が頼む前から佳純は真凛に対して喧嘩《けんか》を売っていた。

だから、佳純の評価が下がった原因は佳純が作っている、と陽は主張する。

すると、佳純は興味なさそうに口を開いた。

「まぁ別に、他の人からどう見られようとかまわないけどね。陽には誤解されてないんだし」

「…………」

好意を全く隠すつもりがない佳純に対し、陽は言いようのない感情に襲われる。

そしてどうするべきか悩んだ後、周りに誰もいないことを確認して佳純の頭に手を伸ばした。

「――っ!」

急に陽の手が触れてきたことで、佳純は驚いて身を縮こませる。

そんな佳純の頭を陽は優しく撫《な》で始め、なるべく優しい声を意識して口を開いた。

「まぁ好きにしていいけど、周りの迷惑になることはもうやめろよ?」

結局陽は、周りの迷惑にならない範囲で佳純のわがままを許すことにしたようだ。

晴喜《はるき》と佳純が付き合っていることになっているのは厄介だけど、佳純が誹謗中傷《ひぼうちゅうしょう》を受けるようなら手を打つし、彼氏役である晴喜とはまた話し合っておけばいいという判断だった。

しかし――。

「えへへ……」

頭を撫でられている佳純はだらしない笑みを浮かべており、陽の話を聞いているのかどうかわからなかった。

というか、全く聞いていなさそうだ。

「その性格が急に変わるの、どうにかならないのか？」

佳純のデレデレな表情を見た陽は、思わずそんなことを言ってしまう。

佳純は普段クールな態度のせいで、このデレデレになっている姿とのギャップがありすぎる。

昔はそれでも構わなかった陽だけど、さすがに高校生にまでなってもこれではちょっと思うところがあった。

まぁ本音を言うと、家の中で二人きりの時は構わないのだが、外でこうなられるのは人目が気になってしまうのだ。

「別にわざとしてるわけじゃないし……」

しかし、佳純は不服そうに拗ねてしまう。

どちらかというと、子供っぽいのが素なのだから素っ気ない態度をとることをやめればいいのに、と陽は思った。

だけどそんなことを言っても佳純が聞くはずがなく、仕方がないのでもう余計なことを言うのはやめにする。

陽《よう》はそのまま佳純《かすみ》と共に電車に乗り、他愛のない会話をしながら登校した。

そして――。

「えっ……？」

校門に近付いても離れてくれない佳純に困っていると、聞き覚えのあるかわいらしい声が後ろから聞こえてきた。

声がしたほうを見ると、真凛が戸惑った表情で陽と佳純の姿を見つめていることに気が付く。

（なんで、今日に限って鉢合わせするんだよ……）

今まで一度も登校中に会ったことがなかったのに、運悪く真凛と鉢合わせをした陽はこの後の展開を想像して頭が痛くなった。

「おはよう、秋実《あきみ》」

陽はなるべく平静を保ち、後ろめたいことなんてないとアピールするかのように真凛へと挨拶をした。

すると真凛はそれで我に返り、慌てて頭を下げる。

「お、おはようございます、葉桜《はざくら》君、根本《ねもと》さん」

「おはよう、秋実さん」

真凛に対して佳純も挨拶を返すが、真凛は思わずそんな佳純の顔を見つめてしまう。

（聞いていた通り、本当に葉桜君の傍《そば》にいます……。やはり、侮れませんね……）

真凛は昨夜の凪沙《なぎさ》との会話を思い出し、ある決意を再度固めた。

「珍しいな、登校中に会うだなんて」

「あっ……まぁ、いろいろとありまして……」

「何か問題が起きたのか？」

声をかけられた真凛が言いづらそうに曖昧に誤魔化したので、陽は真凛の身に何か起きているのではないかと心配する。

しかし、真凛はすぐに首を横に振った。

「い、いえ、そういうことではないのです」

真凛が家を出るのが遅くなった理由――それは、凪沙との長電話ともう一つ理由があった。

だけどすぐにはそのことを言い出すことができず、真凛は恥ずかしそうに身をよじる。

それを見た佳純は不機嫌そうに眉を顰《ひそ》め、陽の顔を見上げて口を開いた。

「陽、あまりゆっくりとしていると遅刻するわよ？」

「あ、あぁ、そうだな」

佳純に急《せ》かされ、登校時間にあまり余裕がないことを思い出した陽は学校に向かおうと踵《きびす》を返す。

しかし――。

「あ、あの、葉桜君……！」

真凛が陽を呼んだことで、陽は再び足を止めて真凛の顔を見た。

するとと、真凛はまたモジモジと恥ずかしそうに身をよじり、そして熱を秘めた瞳で陽の顔を上目遣いに見つめ始める。

その姿を見て嫌な予感がした佳純はすぐに口を開いて割り込もうとするが、陽は手をあげて佳純が声を発するのを止めた。

「どうした？」

そして、真凛に対して首を傾《かし》げて優しい声で尋ねる。

佳純は物言いたげな目で陽を見つめるが、ここで駄々をこねるのは得策ではないと判断し、グッと言葉を呑《の》み込んだ。

そんな二人のようすに、現在舞い上がってしまっている真凛は気が付いておらず、陽に対して恥ずかしそうに口を開く。

「その、お弁当を二人分作ってきましたので……今日は、屋上で食べませんか……？」

それは、暗に二人きりで食べたいという誘いだった。

当然、そんなアプローチを陽がされたのなら佳純は無視することができず、今度こそは――と、口を開こうとする。

だけど、再度陽は佳純のことを止めた。

それに対して佳純はポカポカと陽を叩き始め、真凛は不安そうに見つめてくる。

もう校門付近ということで生徒たちが集まっている中こんなやりとりをしているので、

周りの生徒たちは『修羅場!?　修羅場だよな!?』と嬉《うれ》しそうに陽たちを遠巻きに囲み、やりとりを見つめていた。

佳純と真凛だけのやりとりでは全員心配になってくるのだが、今は陽というストッパーがいるので安心して見ることができる。

そして、美少女二人に取り合いをされるような羨ましい状況の男が困らされるのは、単純に見ていて面白くて気分がいいのだ。

そんな視線を陽は一身に集めながら佳純の手をいなし、真凛に対して口を開いた。

「何か相談ごとか？」

「あっ――はい……！」

陽が自分の言いたいことをすぐに理解してくれたことで、真凛は嬉しそうにコクコクと頷《うなず》く。

「だそうだ。だから変な勘繰りはよせ」

真凛が二人きりになりたがった理由を示した陽は、今もなお叩いてきている佳純に対してそう告げた。

しかし、真凛の態度から佳純の不安は増すばかりで、変わらず物言いたげな目を陽に向けてくる。

「言っておくが、偶然を装って屋上に来ることはできないからな？　お前はもう俺たちが昼に屋上へ行くことは知っているんだから」

「――っ！」

佳純は、昼になったら偶然を装い乗り込むことを視野に入れ始めたところで陽に先手を打たれ、『がーん！』とショックを受けた表情を浮かべた。

その表情を見た陽は思わず溜息《ためいき》を吐《つ》いてしまう。

（やっぱり、前に食堂に現れたのは偶然じゃなかったか……）

「あの……？」

「あぁ、悪い。俺は問題ないよ」

涙目で物言いたげな目を向けてくる佳純の目を見つめ返していると、真凜が声をかけてきたので、彼女のほうを向き陽は頷いた。

それにより真凜はパアッと明るい表情を浮かべ、佳純はズーンと暗い表情を浮かべる。

周りに人がいなければ佳純は全力で駄々をこねたことだろうが、今は周りの目があり、ここで駄々をこねると陽に嫌がられるだけだとわかっていた。

だから落ち込むしかなかったのだけど――その光景を見ていた周りの生徒たちは、結局この三人の関係はいったいなんなのだろうか、と疑問を持ち始めてしまう。

そんな外野を横目で見ながら、陽は考えごとを始めた。

（まぁ秋実のほうはただの相談だろうけど、佳純の件が厄介だな……）

明らかに真凜と陽が一緒にいることを嫌がる態度を見せる佳純を前にした陽は、佳純の悪い評判が流され始めることを懸念する。

そのため、晴喜と早急に話し合うことを視野に入れ、学校の二大美少女を連れて校舎へと入っていくのだった。

（――あれ？　そういえば、根本さん……葉桜君のことを陽って呼んでいませんでしたか……？）

玄関に入ってそんな疑問を抱いた真凛《まりん》は、胸が少し苦しくなるのだった。

◆

「――葉桜君、行きましょう……」

昼休み、いつものように真凛が教室に迎えに来た。

その頬はほんのりと赤く染まっており、どこか恥ずかしそうだ。

「あぁ、行こう」

陽はクラスメイトたちから向けられる嫉妬の視線を気にしないようにしながら、真凛の前に行く。

陽が自分のもとに来ると、真凛は嬉しそうに隣を歩き始めた。

真凛の手には大きめの男物の弁当箱と、小さめのかわいらしい弁当箱がある。

小さめのかわいらしい弁当箱はいつも真凛が使っているやつのため、どうやら大きめの弁当箱が陽のために用意されたものらしい。

「わざわざありがとうな」

陽は周りの視線を集める中、真凜に対してお弁当を作ってくれたことにお礼を言う。

すると真凜は照れくさそうに頬をほんのりと赤く染め、かわいらしい笑顔で陽の顔を見上げてきた。

「いえいえ、私のために場所を移してもらうのでこれくらい当然です」

「相変わらずできた女だよな」

「えっ⁉」

陽が真凜のことを褒めると、ほんのりと赤かった頰はみるみるうちに真っ赤になり、なぜか真凜はモジモジとし始めた。

その態度を見て陽は首を傾げるが、途端に寒気を感じて反射的に振り向いてしまう。

すると、曲がり角から顔だけを出す佳純の姿が目に入った。

佳純は悔しそうな表情を浮かべて、全身から黒いオーラを出しながら陽たちを見つめている。

そんな佳純を見た陽は、溜息を吐いてスマホを取り出した。

『これ以上俺の言うことを聞けないのなら、約束の件は破棄だからな』

そうメッセージを送ると、すぐに佳純はスマホの通知に気が付きスマホの画面を見始めた。

そして、『がーん！』とショックを受けた表情を浮かべ、物言いたげな目で陽の顔を見てくる。

その目は若干涙目になっていた。

しかし、何かを思い付いたかのように急いでスマホを操作し始める。

数秒後、陽のスマホが通知を受けてブルブルと震えた。

『週二回に増やすことを条件に退《ひ》く』

送られてきたメッセージを開くと、何やら条件が提示された。

それを見た陽は、どうしてこの状況で逆に条件を提示してくるんだ、とツッコミを入れたくなる。

しかしここは取り合わないのが一番なので、陽はすぐに佳純の心を折るメッセージを返した。

『じゃあ破棄だな』

そのメッセージを見た佳純は再度ショックを受けた表情をし、何やら声を出さずに口を一生懸命に動かし始めた。

どうやら文句を言っているようだ。

そんな彼女に対し、陽は続けてメッセージを送る。

『だけど、ちゃんと言うことを聞いてくれるならたくさん甘やかす』

その一文が決め手となり、佳純は嬉しそうに目を輝かせて陽の顔を見る。

そんな佳純と再度目が合った陽が頷くと、佳純はパアッと笑みを浮かべてご機嫌な様子でその場を去っていった。

（ずるずる戻ってる気がするけど……まぁ、これくらいは仕方ないよな……）

「…………」

陽《よう》は佳純《かすみ》が先程までいた場所を見ながらそんなことを考えるが、真凛はそんな陽を近くからジッと見上げているのだった。

◆

「――真っ赤、だな……」

「はい♪」

渡された弁当箱の中身を見た陽が思わず呟《つぶや》くと、真凛は嬉しそうに頷いた。

そして期待した目で陽の顔を見つめてくる。

そのせいで陽は再度視線を弁当箱へと移すが、そこにある肉や野菜は真っ赤に染まっていた。

（あれ、秋実《あきみ》って料理苦手だったか……？　いや、でも、いつも凄《すご》くおいしそうなのを食べてるよな？　それにこのおかずたちも、色あいはともかく形はかなりいいし……）

陽は目の前に広がる真っ赤な世界を見つめて考え、その後チラッと真凛のお弁当の中身を見る。

するとそちらは、同じ具材を使っているのに色とりどりで、とてもおいしそうなおかずが詰められていた。

「…………秋実さ、わざわざ俺のために激辛にしてくれたのか？」

それらの物的証拠から答えを導き出した陽は、なんともいえない気持ちになりながら真凛に尋ねる。

すると、真凛は嬉しそうにコクコクと一生懸命頷いた。

「がんばりました♪」

そして、ニコッとかわいらしい笑みを浮かべてそう言ってきたのだが、陽は思わず額に手を当てたくなる。

（いや、わざわざ俺のために作ってくれたのは嬉しいけど、頑張る方向を間違えてないか……？）

メインはともかく野菜まで真っ赤なことで、陽は真凛のことを意外と抜けている女の子かもしれない、と思った。

というか、普通に天然だ。

「とても辛いですが、おいしくできたと思います」

「味見したのか？」

「さすがに味見なしで食べてもらうわけにはいきませんよ。味見してみたらとても涙が出ました」

そう聞いた陽は思わず、辛さに悶《もだ》える真凛の姿を想像してしまった。

とても涙が出たということなので、かなり激辛な味付けにしているのだろう。

「言っとくけど、俺は普通の料理もちゃんと食べられるからな？」

自分のために無理して辛い物を作ってくれたことを悪く思った陽は、今後真凛が同じことをしないようにそう伝える。

すると、真凛はニコニコ笑顔で口を開いた。

「でも、辛い物がお好きなんですよね？」

「まぁ、そうだけど……」

「では、がんばった甲斐《かい》がありました♪」

陽の言葉に対し、かわいらしい笑顔で返す真凛。

真凛のその素敵な笑顔を見た陽は気恥ずかしい思いを抱き、視線を落として弁当の中にある真っ赤に染まったおかずへと箸を伸ばした。

（うまいな……）

想像以上においしい料理を食べた陽は、次々とおかずへ箸を伸ばす。

そんな陽を真凛はニコニコ笑顔で見つめていた。

陽は真凛に見つめられながらも、黙々とお弁当を食べ続ける。

一見真っ赤一色に見えたお弁当だが、食べてみると味付けがどれも違い辛さにも強弱があった。

野菜もキムチみたいな味付けがされていたり、唐辛子をふんだんに効かせた炒《いた》め物《もの》だったりと、本当に色々だ。

いったいこのお弁当一つにどれだけの手間がかけられたのか、陽には想像もつかない。

一つわかるのは、今日真凛がギリギリの時間で登校してきた理由が、まず間違いなくこのお弁当にあるということだ。

「——それで、相談ってなんだ？」

半分くらいお弁当を食べた頃、嬉《うれ》しそうに笑みを浮かべて見つめてきていた真凛に対して陽は本題を尋ねる。

すると、真凛はまた急にモジモジとし始めた。

顔も赤く染めていて、これから話そうとする内容が恥ずかしいことなのだということがわかる。

陽は急《せ》かすことはせず、真凛の気持ちが固まるのを待つことにした。

やがて、意を決したように真凛は陽の顔を見上げて口を開く。

「あの——私、動画配信者になろうと思うんです……！」

顔を真っ赤にしながら真剣な表情でそう言ってくる真凛。

そんな真凛を前にした陽は、想像の斜め上を突っ切る内容に対して額に手を当てながら頷《うなず》いた。

「なるほど……」

（そうか、そうくるのか……）

真凜がどうして動画配信者になりたいと言い出したのか、ある程度の流れが想像できた陽は再度口を開く。

「凪沙《なぎさ》に誘われたか？」

「――っ!?」

陽が尋ねると、真凜はとても驚いた表情になった。

どうやら図星らしい。

（まぁ、秋実に目を付けるのは当然だよな……）

真凜はこの学校で二大美少女と呼ばれるくらいにかわいい。

しかも、金髪ロリ巨乳というオプション付きだ。

万人の目を引くことは間違いなく、そしてかわいらしい性格も人を惹《ひ》き付けることだろう。

動画配信者として人気者になる真凜の姿が、陽には簡単に想像がついた。

しかし――。

「やめておいたほうがいい」

陽は、真凜が動画配信者になることは反対だった。

「えっ……？」

「凪沙のしていることは面白く見えるかもしれないが、その反面悪い奴《やつ》らから恨みを買いやすいんだ。だけどあいつが今も無事なのは、金をたくさん持っていてセキュリティが万全なところで暮らしているからなんだよ。何より、ああ見えて護身術などを身に付けているから半端なく強い。要は、恨みを買ったところで返り討ちにできるだけの力を持っているんだ」

だけど、真凛《まりん》は違う。

上品な仕草や言葉遣いから育ちの良さは窺《うかが》えるけれど、大手財閥の娘というほどのお嬢様ではない。

そして、ひ弱系でお人好《ひとよ》しでもある。

そんな子が悪い奴らの恨みを買ったらどうなるかなんて、想像するまでもなかった。

何より、真凛は凄くかわいくてマニア受けしそうな見た目もしている。

変な奴等《やつら》に目を付けられた場合何をされるか――想像をするだけで、陽は気分が悪くなった。

しかし、そんな陽に対し真凛は言い辛《づら》そうに口を開く。

「あっ、えっと……正確に言いますと、誘われたのは動画配信者としてやることでして、凪沙ちゃんのチャンネルに誘われたわけではないのです……」

「ん？　どういうことだ？」

「その……動画配信者は楽しいから、チャンネルを作ってみたらどうかって言われたんです」

つまり、凪沙は真凛に動画配信者デビューを促しただけで、自身のチャンネルメンバーにするつもりはないらしい。

そのことを聞いた陽は内心安堵《あんど》するものの、少し違和感を覚える。

「あいつが自分のメリットにならないことで動くとは思えないんだが、どういう話の流れでそんなふうになったんだ？」

陽からすれば気になったから軽い気持ちで聞いたこと。

しかしその質問を受けた真凛は、途端に顔を真っ赤に染めて慌て始めてしまう。

「い、いえ、軽い雑談ですよ！　ガールズトークです、女子会です！」

「女子会？」

陽は真凛の言葉に引っ掛かりを覚えるが、真凛は更に捲《まく》し立てる。

「そ、そんなことよりも、葉桜《はざくら》君――いえ、陽君にお願いしたいことがあります……！」

「いや、うん。なんで急に下の名前で呼び直した？」

まるで強調するかのように陽の名前を呼んできたので、陽はその言葉を聞き逃すことなく真凛に尋ねた。

すると、真凛は陽の話題を逸《そ》らせたことに一瞬だけ安堵した表情を見せ、今度は上目遣いに陽の顔を見つめてきた。

「だめ、ですか……？」

そうかわいくおねだりをするかのように聞き返された陽は、少しだけ考えてしまう。

そして——。

「駄目だ」

あっさりと、真凛のおねだりを断ってしまった。

それにより真凛はショックを受けたように縮こまってしまう。

そして、チョビチョビと米粒を摘《つ》まんでは口に入れるという行為を繰り返し始めた。

陽はそんな真凛を見て罪悪感に駆られるが、二つほど困る理由がある。

一つは、単純に下の名前で呼ばれるのが恥ずかしいということ。

佳純に呼ばれることで慣れてはいるが、真凛に呼ばれると変なむず痒《がゆ》さを感じてしまっていた。

もう一つの理由は、ここで真凛に下の名前で呼ぶことを許してしまうと、半端なく不機嫌になるであろう少女の存在が脳裏にチラつくためだ。

しかし、折角手のこんだお弁当を作ってきてくれた女の子を突き放すこともためらわれてしまい、結果——。

「まぁ、二人きりの時ならいいよ」

二人だけの時なら佳純にバレないのと、恥ずかしさも軽減されると思い、陽は下の名前で呼ぶことを許してしまった。

「あっ……はい、陽君！」

「…………」

「陽君、陽君♪」

陽《よう》の許しを得た真凜は嬉しそうに何度も陽の名前を口走る。

そんな真凜を見て陽は再びむず痒い感覚に襲われるが、ご機嫌な真凜の邪魔をすることはしなかった。

そして待つこと数十秒後、真凜がかわいらしい笑みを浮かべて顔を見上げてきたので陽は口を開く。

「さて、本題に戻るが、秋実《あきみ》は本当に動画配信をやりたいのか？」

真凜の話を聞いた陽は、凪沙に乗せられただけで真凜が自分の意思で決めたようには聞こえなかった。

自分の意思でないのなら始めてから後悔をすることになりかねないため、ここだけははっきりとさせたいところだ。

「も、もちろん私も望んでます！」

「そうなのか？」

真凜の性格的に、こういう人の目を集めるようなことを自分からしたがるようには思えない。

しかし真凜が望んでいると言う以上、そうなのだろう。

「どういうことをしたいとか、イメージはあるのか？」

先程はやめておいたほうがいいと言った陽だったが、凪沙のチャンネルに首を突っ込むわけではないことと、真凛自身がやりたがっているようなのでとりあえず話を聞いてみることにした。

頭ごなしで押さえつけてもよくないことを陽はよく知っているのだ。

「えっと、これから土日の度に景色を見に遠出をしますよね？」

「あぁ、そうだな」

「そうしたらこの前みたいに、きっと景色を見るまでの時間もあると思うのです。その時間は観光すると思いますので、その様子を動画にして配信できれば、と……」

猫の配信でもやりたい、と言うかと陽は想像したが、真凛がやりたいことは予想外の内容だった。

そして、きちんとどういうことをするかイメージを付けていることに感心をする。

(ちゃんと自分の見た目が売りになることを理解しているのが、秋実の凄《すご》いところなんだよな)

真凛のような超絶美少女が観光を楽しんでいる動画は、かなり需要があることだろう。

男はもちろんのこと、子供みたいにかわいらしい見た目は女性受けもする。

編集さえきちんとできれば、真凛なら人気動画配信者になることも難しいことではないと陽は思った。

しかし——。

「それをするならカメラマンが必要だな。誰か当てはあるのか？」

一人で撮影もできなくはないが、真凛の見た目を売りにするなら誰かに撮影をしてもらったほうがいい。

となると、当然カメラマン役を真凛は探すことになるのだが、陽は真凛がいったい誰を当てにしているのか、既に察していた。

その上で、その答えが間違っていることを祈りながら質問をしたのだ。

だけど――。

「あの……陽君におねがいできれば、と……」

陽の祈りもむなしく、真凛は上目遣いにそうお願いをしてきた。

景色を観《み》に行った先で撮影をするのなら、同伴している人間にカメラマン役をお願いするのは自然な流れだ。

ましてや今回、真凛は相談があると陽に持ちかけているのであり、今までの話の流れを頭に入れておけば、真凛がこう話を持ち出してくるのは簡単に想像が付いた。

(どうして、こう厄介事が次から次へと……)

このタイミングで陽が真凛のチャンネルを手伝うなんて、サブチャンネルを作りたいと言っていた佳純《かすみ》に喧嘩《けんか》を売るようなものだ。

ただでさえ真凛と観光に行くことを佳純はよく思っていないのに、その上撮影までするなんて言ったらどれだけ怒ることか。

陽は想像しただけで頭が痛くなりそうだった。

「俺だと力不足だと思うが……」

ここで引き受けるのは悪手でしかないと思った陽は、どうにか角が立たないように断ろうとする。

しかし――。

「でも、凪沙ちゃんは陽君なら得意分野だと思うって言ってました……。それに、動画編集にも知識がある、と……」

真凛の口から思わぬ情報が出てきて、陽は思わず息を呑《の》む。

そして、溜息《ためいき》を吐《つ》きたい気持ちになり、天を見上げた。

(あの馬鹿、何普通にバラしてるんだよ……)

顔出しをしない動画配信者は、身バレに繋《つな》がるような情報をなるべく流さない。

ましてや、他人のことであれば教えてはいけないというのはマナーであり、それを破った凪沙に対し陽は文句を言いたくなった。

とりあえず、凪沙には後で電話をすることにして陽は真凛に向き直る。

「まぁ確かに知識はある」

「本当ですか!?」

「だけど、だからといってやろうとは思わない」

「――っ」

一言目を聞いて目を輝かせた真凛だが、二言目でショボンと落ち込んでしまう。

そんな彼女に対し、陽は続けて口を開いた。

「どうしてもやりたいのか？」

「やりたい、です……」

「………………」

陽は黙って真凜のことを見つめる。

すると、彼女は恥ずかしそうに頰を染めて一瞬だけ目を逸らしたが、また陽の目を見つめ始めた。

意図せず見つめ合う形になってしまったが、陽はそんな真凜を見つめながら思考を巡らせる。

そして、ゆっくりと口を開いた。

「そこまでこだわる理由はなんだ？」

金か、名誉か。

真凜がなんのために動画配信をしたいのかを陽は知りたいと思った。

「………………」

しかし、真凜は黙り込んでしまい何も答えない。

もしかしたら言わないのではなく、言えない内容なのかもしれない。

そう思った陽は、再度口を開く。

「一晩だけ考えさせてほしい。それで答えを出すよ」

「考えてくださるのですか……？」

「あぁ、秋実がやりたいことなんだろ？　だったら、ちゃんと俺は考えるよ」

「………」

陽がそう言うと、真凛《まりん》は熱がこもった瞳でジッと陽の顔を見つめてきた。

それにより、上目遣いに見つめられて照れ臭くなった陽はすぐに目を逸らしてしまう。

そして、ぶっきらぼうな感じで口を開いた。

「ただし、秋実ももう一日ちゃんと考えてほしい。時間を置いたら考えは変わるかもしれないからな」

「わ、わかりました」

真凛からすれば陽に話を聞いてもらうことすら難しいと思っていたため、考えてもらえるというだけでも有難かった。

だから後は陽からいい返事がくることを祈るだけで、そのためにもここは素直に言うことを聞いておくのが一番だ。

（とりあえず、元凶に話を聞いてからだな……）

陽が一日猶予をもらった理由は、凪沙《なぎさ》が何を思って真凛に動画配信を勧めたのかを聞くためだった。

凪沙が意味もなくそんなことをするはずがないと陽は思っており、その目的を知るまでは下手な行動をとるわけにはいかない。

場合によっては更なる面倒ごとが待っているのは目に見えていた。

「それじゃあ昼休みも残り少ないし、さっさと食べてしまおう」

「はい……！」

話に一旦区切りがついたことで、その後陽たちは食事をとりながら、他愛のない会話をして昼休みを満喫するのだった。

「――で、いったい何が狙いだ？」

家に帰った後、陽はすぐに凪沙へと電話をかけた。

新たな厄介ごとを作ってくれたことに若干苛立《いらだ》ちもしている。

『にゃはは、そんな怒んないでよ』

しかし、凪沙から聞こえてくる声はとても呑気《のんき》なもので、それにより陽の怒りは更に増す。

「単純にムカつくんだよ。昔言ったよな、俺の周囲にちょっかいを出すなって」

昔とは、晴喜《はるき》との一件のことを言っているわけではない。

それ以前――凪沙と陽が知り合って間もない頃の話だった。

その頃に一度凪沙と陽は衝突をしているのだ。

そしてその時にお互い取り決めをしているのだが、陽はそのことを言っている。

『いや、それは佳純ちゃんに手を出すなってことだったはずでしょ？　勝手に都合よく変えられても困るんだけど？』

しかし凪沙は、陽と『周囲の人間に手を出すな』、という約束はしていないと主張した。

凪沙の言うことが正しければ、今回の件についてお互いの取り決めを破ったことにはならないということになる。

それに対して陽《よう》は、確かにそうだったかもしれないと思い直す。

当時の陽にとって周りの人間といえば佳純しかおらず、佳純だけを大切にしていた。

だからその際に、佳純のことだけで約束をしていることは十分にありえるのだ。

「確かにそうだったかもしれないが、だからといってなんで秋実《あきみ》を俺たちの業界に引きずり込もうとしているんだよ？」

『その言い方も酷《ひど》くないかな？　僕は彼女のことを思って声をかけ、彼女自身が悩んで出した答えだ。それに大して君が文句を言う権利はないと思うけど？』

凪沙が普段とは違う真剣な口調になったことで、凪沙がふざけて真凜を誘ったわけではないということがわかる。

しかし、それならば最初から真面目に話せ、と陽は思うのだが、真剣になった凪沙が相手だとあっさりと言いくるめられたり言い負かされたりしてしまう。

だからふざけていたことに関してはもう気にすることはやめ、気を引き締めて口を開いた。

「顔出し配信者がどれだけのリスクを背負ってるか、お前なら理解してるんだろ？　秋実はあの見た目だ、危ない奴《やつ》をどれだけ引き付けるかわからないんだぞ？」

陽が特に心配している部分はそこだ。

芸能人が危険な目に遭うことさえある世の中なのに、真凜のような自衛策をほとんど持たない人間が目を付けられた時、最悪なケースさえ考えられる。

だから真凛が動画配信をすることをよく思っていない。

もちろん、賢い真凛がそのリスクを理解していないはずがない。

だから、顔出し配信をしている凪沙が何か助言をして、真凛が大丈夫と信じ込んでいるのだろう。

陽は、凪沙が真凛にリスクのことを忘れさせているんじゃないかと睨《にら》んでいた。

『もちろん、誘った以上は僕もセキュリティ面には協力するよ。それに、君が傍《そば》にいるんだろ？ それだけで安心じゃないか』

「何を勘違いしているのか知らないけど、あいつと俺の家は凄《すご》く離れてるんだよ。助けを求められてから向かったって間に合うわけがないだろ」

『あぁ、その点についても考えているよ』

「それは？」

『まぁ、後のお楽しみかな』

陽が尋ねると、凪沙はあっさりと誤魔化してしまった。

それにより凪沙にとって都合が悪い内容だと思った陽は、あえてそこにはツッコミを入れず話を続けることにする。

「お前がそういうからには、本当に秋実の安全は確保されるんだな？」

『相変わらず君は、お気に入りのことになると人が変わったように過保護になるねぇ。もちろん、信用してもらってかまわないさ』

凪沙が断言したことで、陽は安堵《あんど》する。

今までの付き合いにより、凪沙がこの手のことで断言をした時は信頼できると陽は思っていた。

「――で、お前がそこまでして秋実を引き込んだメリットはなんだ？　わざわざ俺のことまで話してな」

真凛への心配事が一つ消えたことで陽はまた同じ話題を持ち出す。

ここで凪沙が話さなければ、陽はこの一件から降りるつもりでいる。

それでも真凛がやるようであれば、陰ながら支えるつもりだ。

『別に、僕はただ真凛ちゃんを応援したいだけだよ』

「誤魔化すってわけだな？」

凪沙の答えを聞いた陽は、凪沙が真面目に答えるつもりがないと判断をした。

しかし、それに対して凪沙はすぐに言葉を紡ぐ。

『いいや、これは僕の本音だよ。いつも汚い人間ばかりを相手にしているせいか、真凛ちゃんのような子には弱いんだ。そして、応援したいと思ってしまうんだよ』

それが本音なのかどうか陽には判断がつかない。

だからここでは判断をせず、更に聞いてみることにした。

「応援というのが本当だとしても、動画配信者じゃなくてよかっただろ？　あいつは勉強だって学年トップクラスにできる。普通にしてれば、一流大学にいけるような奴の時間を奪ってどうするんだ？」

もしこれで真凛が成績を落とすようなら目も当てられない。

そういう意味で陽は言ったのだけど、その質問を受けた凪沙は苦笑したような声を出した。

『それ、君が言うのかい？』

陽も休日に真凛を連れまわしているからそう言っているのか、それとも他の意味がこめられているのか――。

それは、凪沙にしかわからない。

「あいつが成績を落とすようであれば俺は連れて行かない。だから俺の件に関してはそこまで負担にはならないと考えている。だけど、一度活動を始めてしまったら、時間を取られるとわかっていてもやめられないものだろ？」

『まぁね』

そこは創作者なら共通認識で、凪沙も陽の言葉を肯定する。

しかし、その後にすぐに別の言葉を紡いだ。

『あの子は自分が後悔しないように頑張りたいと言っていた。だから、その思いを遂げる一番の近道として僕は道を示しただけだよ』

「その、秋実が頑張りたいっていうのはいったいなんだ？」

凪沙の言葉を聞いて何か話がずれていると感じた陽は、軌道を修正するために引っかかった部分を尋ねてみる。

だけど――。

『それを他人の僕が君に教えるのは違うと思うよ。だから、聞きたいなら本人から聞いてほしい』

凪沙は陽にそのことについて教えるつもりはないらしい。

自分には言わず、凪沙には相談していることで真凛に対して陽は少しだけ思うところが出てくる。

しかし、思えば真凛は凪沙のことを憧れのように見ていた。

だから、そういうことか、と判断をする。

「とりあえず、秋実が後悔しないのならもう何も言わない。結局、あいつの人生だからあいつの好きにさせるのが一番だからな」

『それ、真凛ちゃんが望むなら撮影や編集を手伝ってあげるってことだよね？』

真凛は陽に手伝ってもらうことを望んでいる。

だから真凛がしたいことを好きにさせるということは、暗に陽が手伝うことを指していた。

「あぁ、そうだな。だけど、その代わり凪沙も撮影に参加しろ」

『えっ？　ぼ、僕も？』

思わぬ一言を陽に言われ、凪沙《なぎさ》は戸惑ってしまう。

「当たり前だろ、お前が発端なんだからな。煽《あお》るだけ煽って後は傍観なんて許すと思ったか？」

『い、いやぁ、それはちょっと……きっと、真凛《まりん》ちゃんも望んでいないと思うよ……？』

「何そんなに動揺しているんだ？　俺がこう言うのは想定内だっただろ？」

凪沙は猫キャラの割に頭が凄くよく、あらゆるケースを想定しながら話をするタイプの人間だ。

そんな凪沙がこの展開を想像できていないはずがない、と陽は思っていた。

陽に見透かされているとわかった凪沙は、諦めたように口を開く。

『君がここまでの流れで佳純《かすみ》ちゃんのことを一切持ち出さずに話を決めた上で、挙句の果てに僕に参加しろって……やっぱり、そういうことじゃないのかい……？』

陽が何を狙って自分を誘っているのかわかっている凪沙は、そのことを陽に尋ねた。

すると、陽は若干愉快そうに言葉を続ける。

「まぁ、俺が参加するにはその手しかないよな？」

『君、鬼だな……。ましてや、そんな修羅の道を自分から選ぶとは思わなかったよ……』

「馬鹿か、凪沙のせいでどっちみち修羅の道なんだよ。だったら、なるべく俺の負担が減り、なおかつ秋実と佳純の二人が納得する道を選ぶのは必然だ」

『その犠牲として、僕が生贄《いけにえ》に……』

「自業自得だ」

陽はそれだけ言うと、凪沙が駄々をこね始める前にブチッと通話を切った。

そしてチャットアプリのほうで、動画配信者凪沙だとばれない格好で来るようにとだけ告げて、天を仰いだ。

（とは言ったものの、一歩間違えればとんでもないことになるんだよな……）

陽が選んだ道。

それは、真凛との撮影会に佳純も参加させることだった。

昨日今日と佳純を見ている限り、絶対に彼女は陽たちの後を付けてくる。

たとえ止めたところで聞かないだろう。

だから、下手に後から合流されて喧嘩《けんか》されるよりも、予《あらかじ》め参加させて不満を溜《た》めさせないようにしようと陽は考えた。

そこに凪沙を巻き込んで、少しだけ自分への負担を減らした形になる。

しかし、一歩間違えれば二つの爆弾が一斉に爆発しかねない状況。

その状況を自ら作るとはいえ、慎重を期す必要があるだろう。

一番肝心なのは、佳純との交渉をうまくやれるかどうかだ。

――と、そんなことを考えていた陽だが、下の階から母親が呼ぶ声が聞こえてきた。

だから一階に下りたのだが――。

「なんで、お前がいるんだよ……」

想定外の人物の登場に、更に頭が痛くなる。

陽の家に来たのは、佳純だったのだ。

◆

「——なぁ、お前約束守るつもりないだろ……？」

陽は家に訪れた佳純を自身の部屋へと招くと、ベッドに座り額に手を当てながら溜息《ためいき》を吐《つ》いた。

それに対して佳純は拗《す》ねたように頬を膨らませ、物言いたげな目で陽を見つめてくる。

「陽が、たくさん甘やかすって言ったのに……」

どうやら佳純は、昼休みのやりとりで甘やかしてもらえると思って、陽のもとを訪れたようだ。

陽はそれに対して再度溜息を吐く。

「だからって、別に週に行う回数を増やすだなんて言ってないぞ？」

「むぅ……嘘《うそ》つき」

「いや、嘘なんてついてないからな？　佳純が週二回に増やすことを持ち出した時にちゃんと俺は断り、その代案としてたくさん甘やかすと言ったんだろ？」

「つまり、週三回ならオーケー？」

佳純がベッドに両手を付き、上目遣いになってそんなことを聞いてきたので、『なぜ了承を得るために逆に数を増やすんだ……』と陽《よう》は文句を言いたくなる。

しかしここで文句を言っても佳純はどうせ更に拗ねるだけなので、今機嫌を損ねるわけにはいかない陽はグッと我慢をした。

「駄目だってわかってて聞いてるよな？」

「陽ならワンチャン」

「残念ながら駄目だ」

陽がそう言うと、佳純は再度頬を膨らませる。

そして、文句を言う代わりに陽の隣に座り、陽の肩に自分の頭を乗せてきた。

下手に言葉で交渉するのではなく、陽の情へと訴える行動に出たようだ。

そして甘えてこられた陽はといえば――。

「……今回だけだからな？」

佳純のことを拒否することはせず、佳純の腰へと手を回した。

なんだかんだ言って幼馴染《おさななじ》みには甘い男なのだ。

――しかし、今回に限っては別の目的が陽にはあった。

陽がそのまま佳純の体を持ち上げるために力を入れると、佳純は嬉《うれ》しそうに腰を浮かせて陽の膝の上へと座ってくる。

そして陽の胸に頭を預けてきた。

陽はそんな佳純の頭を優しく撫《な》でながら、ゆっくりと口を開く。

「本当に佳純は甘えん坊だよな」

「うん、陽に甘えるの好きだもん」

「………」

さすがにすぐに本題に入るのはよくないと思って雑談をしようとした陽だが、思わぬカウンターを喰《く》らって黙り込んでしまう。

頬が熱くなるのを感じながら佳純の顔を見ると、佳純は期待したように陽の目を見つめてきた。

その目からは、たくさん甘やかせと言われているように陽は感じる。

（あぁ、失敗したな、これは……）

佳純のご機嫌を取るためにした行動が完全に裏目に出てしまい、陽は佳純の自分に対する依存度が数段増してしまったことを、今更になって気が付いた。

「なんか、昔よりも素直になったか……？」

堂々と甘えることが好きと言ってきた佳純に対し、陽はそう尋ねてみる。

昔も甘えん坊だったことには変わりないけれど、こんなふうに甘えるのが好きだと言ってきたことはなかった。

だから素直になったことに対して陽は聞いてみたのだけど、佳純は恥ずかしそうに陽の胸に顔を埋《うず》めながら上目遣いに見つめてくる。

そして、ゆっくりと口を開いた。

「告白までしてるのに、取り繕う意味なんてないと思うの」

どうやら佳純は、陽に気持ちを打ち明けてしまっているのだからもう我慢をしてまで気持ちを隠す必要はない、と思っているようだ。

佳純がどうして素直になったかを知れた陽だが、過去の告白を持ち出されたことによって、今度は居心地が悪くなる。

一度断ったとはいえ、陽は佳純と付き合わずに彼女を甘やかしている状況だ。

傍《はた》から見ればいちゃついているようにしか見えない状態なのに、これで付き合っていないと言っても誰も信じないだろう。

そんなことをしていながら佳純の気持ちに応えられていないのだから、自分は中々のクズだと陽は思った。

「プライドとかないのか？」

「幼い頃からたくさん恥ずかしいところを見られているのに、何を今更」

佳純の言う通り、幼い頃からずっと一緒にいた二人はお互いの恥ずかしい部分などたくさん見てきた。

そのため、今更取り繕ったところで何も意味はないと佳純は思っているようだ。

「……幼馴染みって厄介だよな」

幼い頃からお互いをよく知り、一緒にいるのが当たり前だったからこそ中々離れることができない。

一度決別をしたとはいえ、一緒にいる関係に戻ってしまった以上、もうこの関係を簡単に終わらせることができないと陽は察していた。

「何、不満なの？」

「別に」

「…………」

「どうした？」

陽の返事を聞いた佳純は不服そうに陽の顔を見つめてくる。

そして、急に上の服を脱ぎ始めた。

「なっ、何をしてるんだ!?」

腕の中で脱ぎ始めた佳純に対し、陽は慌てて佳純の腕を押さえようとする。

しかし、佳純は器用に陽の膝の上で体勢を変えてスルッと陽の手を躱《かわ》し、タンクトップのようなシャツ一枚になってしまった。

「大丈夫、これ以上は見せない」

「…………」

「何、見たいの？」

佳純の態度に対し陽がなんとも言えない表情をすると、佳純はニヤニヤとして陽の顔を見つめ始めた。

そして自分のシャツの裾を摑《つか》み、チラチラと白い肌を見せてくる。

そんな佳純に対し陽は――。

「今度からお前のことを、ビッチって呼ぶわ」

やられっぱなしにならないよう、佳純が気にするであろう言葉を選んで反撃した。

すると、途端に佳純の機嫌は悪くなりジト目で睨《にら》んでくる。

「…………」

「佳純がしていることはそういうことだぞ？」

「うちの学校の男子なら泣いて喜ぶわよ？」

「自己評価高すぎだろ」

そう言う陽だが、心の中では『泣くまではいかなくても、感激して大暴れしそうだな』と思ってしまった。

佳純は、中身はともかく見た目だけで言えばトップアイドルに勝るとも劣らないくらいのかわいさを誇っている。

それほどにかわいい女子のラフな格好を見て、興奮しない男子はいないだろう。

「…………」

しかし、陽の内心を知らない佳純は陽の言葉を挑発と受け止め、また不服そうにジッと陽の顔を見つめてきた。

そして今度は、自分のミニスカートの中に少しだけ手をツッコみ、スルスルとストッキングをミニスカートの外まで下ろしてしまう。

その後、挑発的な表情を浮かべて口を開いた。

「脱がさせてあげる」

そう言う佳純《かすみ》は陽の手を摑み、自分のストッキングへと手を誘導し始めた。

「――だから、そういうのはやめろって」

佳純に手を引っ張られた陽は、ストッキングに触れるギリギリでバッと手を払う。

それにより、佳純は不服そうに陽の顔を再度見つめた。

「好きなくせに」

「だから人を変態呼ばわりするな」

「別に、誰も変態とは言ってない。ただ、陽は昔から足が好きだったと言ってる」

陽に拒絶された佳純は不服そうに唇を尖《とが》らせ、拗ねたような声でそう言ってきた。

「勝手に人を足フェチにするな」

「でも、中学の頃よく私の足をチラ見してた」

「………………そんなことはない」

「間《ま》！　今の間《ま》！　絶対に自覚ある！」

陽が返事をするのにコンマ数秒かかったことにより、佳純はここぞとばかりにツッコミを入れてくる。

陽はそんな佳純から目を背け、素っ気ない声を意識しながら口を開いた。

た。

自分の行動を受け入れてくれない陽に対し、不満を抱き続けている佳純は頬を膨らませ
「むぅ……！」

どこまでも取り合おうとしない陽。

「気のせいだ」

そして、やけになったように腰を浮かせてストッキングを脱ぎ始める。
陽はそんな佳純のことを思わず見つめてしまった。
佳純は陽の視線が自分の足に向いていることに気が付いていながらも、わざとそこには
触れずストッキングを脱ぎ続ける。
数秒後、佳純の白くて綺麗《きれい》な足が全てあらわになった。
佳純はストッキングを脱ぎ終わるとそれを丁寧に畳み、床へと置く。
そして——ジト目で、陽の顔を見上げてきた。

「えっち」


そう責めてきた佳純に対し、陽は不服そうに口を開く。

「おかしくないか……？　お前が勝手に脱ぎ始めたんだろ……？」

「目を逸《そ》らせばいいのにジッと見てた。なんだかんだ言ってやっぱり陽はむっつり」

「……下ろすぞ?」

指摘をされた陽は誤魔化すように佳純の足の下に腕を入れ、佳純の体を持ち上げようと力を入れた。

すると、佳純は下ろされないようにガバッと陽の首に腕を回して抱き着き、慌てたように口を開く。

「都合が悪くなったらそうやって実力行使に出るの、ずるいと思うの!」

「お前が人を茶化すことばかりするからだ……!」

「ちょっ! だめ! だめだってば! 落ちる! 本当に落ちちゃう!」

佳純は落ちると騒ぐものの、実際に陽が下ろそうとしているのはベッドの上である。

大袈裟《おおげさ》に言えば陽がやめると思っているのか、それとも体勢が不安定になっていて背後の状況がわからないのか――。

とりあえず、陽は気にせずそのままベッドに寝かせることにした。

しかし――。

「おい、放せよ……」

佳純をベッドに寝かせたものの、肝心の佳純が手を放さないので陽は佳純から離れられなくなってしまった。

「……にやっ」

そして佳純はといえば、思いも寄らぬチャンスが到来してニヤケ顔になる。

その表情を見た陽《よう》は寒気が走り、慌てて佳純から離れようとするものの、細身からは考えられない力で首を固定されていて離れられなかった。

「お前、何を考えているんだ……？」

佳純が何かを狙っているのは間違いないので、陽はそれがなんなのかを聞き出そうとする。

そんな陽に対し、佳純はニヤけた顔のまま口を開いた。

「ねぇ陽、既成事実って言葉知ってる？」

「……いや、冗談だろ……？」

佳純がわざわざ言葉にした理由を察した陽は、ダラダラと冷や汗をかき始める。

しかし、佳純の考えていることは、陽が想像したこととは完全に別方向だった。

「ちなみに、こういう言葉もあるわ。本丸を落とすには外堀を埋めよってね。気が付いてた？　さっき、おばさん家に帰ってきたみたいよ」

陽の母親は、佳純を陽に会わせた後ちょっと買い物に出てくると言って出掛けてしまった。

陽は気が付かなかったが、どうやら母親は既に帰ってきているらしい。

佳純は耳もいいので、玄関のドアや鍵が開く音などで気が付いたのだろう。

しかしここで二人にとって大切なのは、先程陽の母親が帰ってきたということだった。

佳純が言いたいことがなんなのかを理解した陽は、この体勢がいかにまずいかを察してしまう。

「おい、それはさすがにまずいって……！」

「ふふ、いじわるするからこうなるのよ」

焦る陽に対し、佳純は勝ち誇った笑みを浮かべる。

直後――陽と佳純の耳に、ガチャッという音が聞こえてきた。

その音に反応して音がしたほうを見ると、ゆっくりと陽の部屋のドアが開き始める。

そして、この場にいなかった女性が姿を見せた。

「佳純ちゃん、陽、ケーキ買ってきた――あら、まぁ……！」

中に入ってきた女性――陽の母親は、ベッドの上で薄着となったお気に入りの女の子が息子に押し倒されている姿を前にし、とても嬉《うれ》しそうに目を輝かせてしまった。

その表情を見た陽は――

（いや、もう……勘弁してくれ……）

――頭が痛くなるのだった。

◆

「――佳純ちゃん、おいしい？」

「うん、おいしい」

晩御飯——いつもは会話が弾まない静かな食卓が、今日は第三者の存在によって活気付いている。

陽は隣にくっつくように座るニコニコ笑顔の幼馴染《おさなじ》みと、斜め前に座るご機嫌な母親を横目で見ながら溜息《ためいき》を吐《つ》きたくなっていた。

前を見れば主食となるご飯が赤く染められ、その上に赤い豆がちらほらと載っかっている。

二人の関係が進んだことに対して祝うために作られた、赤飯だ。

それを前にし、母親の誤解を解くことができなかった陽は頭が痛くなっていた。

「それにしても、本当に二人のヨリが戻ってよかったわ～」

「いや、だからそもそも付き合ってないし」

ご機嫌な母親が頬に手を当てながら嬉しそうに言ってきたので、陽はすかさずそのことを否定する。

すると、隣で佳純が拗《す》ねたように頬を膨らませて物言いたげな目を向けてくるが、陽はあえてそちらには視線を向けず母親の顔を睨んだ。

しかし——。

「はいはい、照れない照れない」

母親には照れ隠しと思われ、全く相手にしてもらえなかった。

先程からずっとこの調子だ。

「しつこいな！　だから違うっての！」

「じゃあ何、陽は彼女でもない子を押し倒していたの？」

あまりにも話を聞かないので陽が声を張り上げて怒ると、母親の雰囲気がゴロッと変わる。

それは、触れてはならない怒りの化身かのような雰囲気を纏《まと》って、陽の顔を見据えていた。

「だ、だから、別に押し倒していないんだって……」

母親の雰囲気が変わったことで、陽は蛇に睨まれた蛙《かえる》のように体を硬直させながら誤解を解こうとする。

ダラダラと汗が顔を流れ、現在陽は心臓を母親に握られているような感覚に襲われていた。

（おばさん、相変わらず陽にだけはきびしいし、陽も怒ったおばさんには弱いんだよね）

そんな陽と母親のやりとりを見慣れている佳純は特になんとも思っておらず、まるで他人事《ひとごと》のように二人のやりとりを見つめる。

陽の発言には思うところがあったけれど、陽の母親がいる限り何も言わなくても守ってもらえるので、この空間は佳純にとって居心地がよかった。

そして、いつもお説教を喰《く》らうとその後陽は佳純に対して凄《すご》く優しくなるので、密《ひそ》かにこの後が楽しみになる。

「佳純ちゃんにあんな格好までさせて、そんなことが通ると思ってるの？」

現在、佳純の服装は遊びに来た時の状態に戻っている。

陽の母親が部屋に入ってきた時、佳純は恥ずかしそうにしながらすぐに服を着始めた。

その行動により陽の母親は、恥ずかしがる佳純を陽が無理矢理脱がせ、そのまま押し倒したと判断したのだ。

陽からすれば、前に家の前で平然と薄着のまま待ち構えていた佳純が今更恥ずかしがるとは思えず、どうせ母親が誤解をするように演技をしただけだと思っていた。

しかしそのツッコミも、母親が目の前にいる限りできやしない。

陽はフツフツと怒りを募らせながら、目の前で見据えてくる母親をどう凌《しの》いだものかと考えを巡らせる。

そして――。

「佳純、ちゃんと説明しないのならもう相手しないからな」

自分で解決するのはやめ、母親をたやすく説得できる人間に脅しをかけることにした。

「――っ!?」

一人浮かれ気分だった佳純は陽の言葉を受け、『がーん！』とショックを受けた表情をする。

当然そのやりとりを見た母親は陽のことを怒ろうとするのだが、ここで陽に捨てられると困る佳純《かすみ》は慌てて陽と母親の間に体を割り込ませた。

「お、おばさん、大丈夫！　私が陽をからかってただけだから、もう怒らないで！」

「佳純ちゃん、無理しなくていいのよ？　こんな性根の曲がったことを言うような男、庇《かば》う必要ないからね？」

「ち、違うの、本当に私がからかってただけだから……！」

　ここで陽のことを叱られると、陽の母親がいる場所以外では口も聞いてもらえなくなると理解した佳純は、涙目で首を横に振る。

　しかし、それにより母親の怒りは増した。

「陽、佳純ちゃんが帰ったら覚えてなさいよ」

　そう言って陽の顔を睨《にら》む母親。

　どうやら佳純が帰った後に説教をするつもりのようだ。

　そんな母親を前にした陽は、ゆっくりと口を開く。

「佳純」

「おばさん……！」

　そして陽に名前を呼ばれた佳純は、懇願するかのように陽の母親のことを呼んだ。

　それにより、佳純の言葉を無下にできない陽の母親は、悔しそうにしながらもグッと黙り込む。

　どうやら佳純のために怒りを我慢したようだ。

（――よし、次からはこれでいこう）

初めて母親を凌げた陽は味をしめ、これから佳純を盾にすることを心に決めるが――。

「……ごほうび」

部屋に戻った後、佳純がご褒美を求めてきたことで、今後この手は二度と使わないと思い直すのだった。

◆

「………♪」

「…………」

ご飯を食べ、本来なら帰るべき時間なのにもかかわらず、佳純は陽の腕の中でご機嫌な様子だった。

そんな佳純を抱きしめて頭を撫《な》でながら、陽は佳純のご機嫌取りに終始している。

現在陽は、真凛《まりん》から受けた相談に対して佳純に交渉するタイミングを窺《うかが》っているのだ。

しかし、下手なタイミングで言えば佳純の機嫌が悪くなるどころか、激怒間違いなしの内容なので、『このタイミングなら説得できる』という具合に、機嫌が最高によくなるタイミングを待っている感じだった。

そうしていると、愛猫であるにゃ～さんが自身のベッドの上でムクリと起き上がり、アクビをしながらグッと体を伸ばし始めた。

そして、陽《よう》と佳純がくっついているところを見ると、テクテクと陽たちを目がけて歩き始める。

にゃ～さんは陽たちのもとにまで来ると、そのまま佳純の太ももにジャンプで乗っかってきた。

そして、上目遣いに陽と佳純を見上げ、かわいらしく鳴き声をあげる。

どうやら『撫でて』と言っているようで、それに気が付いた佳純はすぐににゃ～さんを抱き上げた。

「にゃ～さんは甘えん坊だね～」

陽の腕の中だからご機嫌なのか、それともにゃ～さんが相手だからなのかはわからないが、普段よりもかわいらしい口調でにゃ～さんの頭を撫で始める佳純。

そんな佳純を見た陽は、（お前が言うのか……）とツッコミを入れたくなるが、ここでツッコミを入れたら佳純の機嫌が悪くなってしまうのでグッと堪《こら》えた。

その代わり、前から話したかった話題をこのタイミングで切り出すことにする。

「佳純、話がある」

「何？」

ご機嫌な様子でにゃ～さんの頭を撫でていた佳純は、陽に呼ばれたことでキョトンとした表情をしながら陽の顔を見上げる。

陽はそんな佳純の頭を優しく撫でながら、ゆっくりと口を開いた。

「サブチャンネル、作りたいんだよな？」

「――っ！」

陽の言葉を聞いた瞬間、佳純はパアッと表情を輝かせる。

そして期待するような目で陽の顔を見つめてきた。

（そんなに作りたかったのか……）

佳純の様子を見た陽は彼女の思いを知り、凄く申し訳なく感じる。

なんだかんだ言って陽は佳純のことを大切に思っており、なるべく考えを尊重してあげたいと思っていた。

だから、ここまで喜ぶのならもっと早く真剣に考えてあげるべきだった、と陽は思ってしまったのだ。

しかし、今回に限っては佳純の希望する形とは確実に違うため、陽は少し躊躇《ちゅうちょ》してしまう。

このまま話すと佳純を悲しませたり、怒らせたりしてしまうのではないか――そんな思いが陽を襲っていた。

「……また、そうやって焦《じ》らす……」

そうして陽が考え込み始めると、腕の中にいる佳純がまるで我慢できない子供かのように頬を膨らませ、拗ねたような目で陽の顔を見上げてきた。

おあずけを喰らった、とでも思っているらしい。

「いや、焦らしてるわけじゃないが……」

「…………」

話を切り出していいのかどうか、そう悩む陽の顔を佳純は物欲しそうな顔で見つめてきた。

もう完全にサブチャンネルを作る気満々でいるようだ。

（話の切り出し方、完全にしくじったなぁ……）

佳純の表情を見た陽は、自身の失言を悔いてしまう。

しかし、言ったことは取り消しできないわけで、にゃ～さんが飽きて佳純の手から逃げないうちに陽は言葉を切り出そうと決意を固めた。

「実は、秋実《あきみ》と一緒にチャンネルを作ることになりそうなんだ。だから、佳純も一緒にやら――」

「は？」

「いや、なんでもない……」

意を決して話を切り出した陽だが、絶対零度並の冷たさを感じさせる声色により、即座に方向転換をした。

その間にゃ～さんは一瞬で佳純の腕の中から飛び去り、安全と安心を求めて陽の背中へと隠れている。

佳純はそんなにゃ～さんの行動は気に留めておらず、お互いの息がかかりそうな距離まで顔を近付けて陽の目を覗《のぞ》き込んできた。

「えっ、どういうこと？　なんで秋実さん？」

そう言う佳純の目からは、全て話さないと容赦しない、という意思が込められているように陽は感じてしまう。

「ねぇ、どういうこと？　私の聞き間違いかな？」

陽の左頬に右手を添え、佳純はかわいらしく小首を傾《かし》げながら陽の目を見つめてくる。

しかしその態度とは裏腹に、全身からは真っ黒なオーラを出しているのではないかと感じさせるほどに怒りをにじみ出していた。

「そういうとこだぞ、俺が嫌なのは」

陽はツゥーと冷や汗が背中を流れるのを感じながら、佳純の駄目なところを告げる。

それによって佳純は息を呑《の》み、不服そうに陽の胸に顔を押し付けた。

どうやら我慢をしようとしているらしい。

（一応、成長したのか……？）

佳純が我慢をしようとするとは思っていなかった陽は、佳純の態度を意外に感じた。

佳純はグリグリと顔を押し付けて不満をアピールし始めるが、そんな彼女の頭を優しく撫でて陽は佳純が落ち着くのを待つ。

そして数分ほど待つと、佳純はゆっくりと顔を上げた。

「なんで、そうなるの……？」

「それは、どういった経緯で一緒に動画配信をすることになりそうなのかってことか？それとも、秋実が動画配信をしようとしていることか？」

「両方……」

佳純はふてくされたように小さく頬を膨らませ、拗《す》ねた声で両方話せと言ってきた。

陽は少しだけ考え、順を追って説明するためにまずは真凛がどうして配信をしようとしたかについて話すことにする。

「秋実に動画配信を勧めたのは、凪沙《なぎさ》らしい」

「あの女……！」

陽の言葉を聞き、メラ～と佳純の体を包むように怒りが具現化した――かのように、一瞬陽には見えた。

今の佳純はちょっとしたことですぐに怒りが頂点に達しそうになるので、陽はやりづらさを感じる。

しかし、それと同時にある違和感を抱いた。

「あの、女……？」

「あっ……！」

陽が違和感を抱いた言葉を口にすると、何かに気が付いたように佳純はハッとした表情を浮かべる。

そして、慌てて言葉を紡ぎ始めた。

「あの女みたいな男めって言った……！」

「いや、そんなふうには聞こえなかったが……？」

「言ったの！　そ、それよりも、なんで凪沙に言われただけで秋実さんが動画配信者になろうとするの!?　おかしくない!?」

慌てる佳純を陽が訝《いぶか》しむと、佳純は別の話題を持ち出してきた。

その態度によって更に陽は佳純のことを疑うが――。

（ここで深く聞こうとすると、絶対に機嫌がまた悪くなるしな……）

今優先しないといけないことがなんなのか。

そして佳純が誤魔化そうとしているということは、その分負い目を感じているはずなので今が説得するチャンスなのではないか、と陽は思った。

だから陽は、佳純の誤魔化しにわざと乗ることにする。

「秋実は凪沙に憧れているというか、多分気があるんじゃないかな。だから勧められて受けたんだろ」

「へぇ……！」

真凛は凪沙のことが好きなんじゃないかと暗に陽が言うと、佳純はとても嬉《うれ》しそうに表情を明るくした。

そんな佳純を見た陽は――

（ほんと、こういうことに関しては単純だな）

――と思う。

その後、佳純《かすみ》は手の平返しかのようにあっさりと承諾し、なんとか交渉は成立したのだった。

◆

「――陽君は、いじわるです……」

佳純を説得した陽は、次の日の昼休みに真凛へそのことを話したのだが――その反応がこれだ。

真凛は小さく頰を膨らませ、物言いたげな目で陽の顔を見上げてきた。

陽は真凛お手製のお弁当を食べながら首を傾げる。

「なんで意地悪になるんだ？」

嫌がる可能性は十分に考えていた陽だが、それが意地悪に紐《ひも》づいた理由がわからない。

そんな陽に対し、真凛は頰を膨らませた状態で不服そうに見つめながら口を開いた。

「わざとですか？」

「うん、だから何が？」

「…………」

陽に聞き返された真凛《まりん》は不満そうに俯《うつむ》く。

そして、チョビチョビとご飯粒を箸で摘《つ》まんでは口に含み始めた。

(思った以上に拗ねてるな……)

真凛は誰とでも仲良くするとても優しい女の子だ。

だから佳純ともまた仲良くしようとするのではないかと陽は期待をしていたが、真凛の反応を見るに、難しそうに思える。

しかし、佳純のことを放っておいて、真凛のことばかり優先するとまた佳純が暴走をしてしまうわけで——あちらを立てればこちらが立たずという悩ましい状況になってしまった。

とりあえず真凛の機嫌を直さなければ話が進まない。

そのため、陽はどうしたら真凛の機嫌が直るかを考える。

(佳純相手なら頭を撫《な》でれば済む話なんだが、秋実の場合子供扱いをしたとかで怒りそうだしな……)

ここ最近いつも一緒にいることで、陽は真凛が子供扱いされることを嫌うのは十分に理解していた。

だからそれに繋《つな》がるような行動は当然避けるわけなのだが、そうなると今まで佳純しか相手をしなかっただけにどうしたらいいのかわからなくなる。

今は昼休みということで綺麗《きれい》な景色を見せるために連れ出すということもできず、陽はどうしたものかと頭を悩ませる。

するとチラッと真凛が陽の顔を見上げてきた。

そして真凛のことを見つめていた陽と目が合うと、慌てたように真凛は再度俯いてしまう。

その反応を見て陽は疑問を抱いた。

「どうした？」

「なんでもないです……」

しかし、真凛は陽の質問に対して答えない。

どこか居心地が悪そうで、モジモジと身をよじっている。

どうして真凛が急にモジモジとし始めたのか陽には理解出来なかったが、とりあえずここで触れると真凛が嫌がりそうだと思ったので、別の話を振ることにした。

「話を戻すが、別に嫌がらせで根本《ねもと》を参加させようとしているわけじゃない。秋実がやりやすくするためだよ」

「どういうこと、ですか……？」

陽の言葉を聞き、真凛は戸惑いと疑問が入り交じったような表情で陽の顔を見上げる。

察しがいい真凛ではあるが、今回ばかりは陽の意図が読めないようだ。

「秋実の頭がいいことは知っているが、さすがに一人で長時間喋《しゃべ》るのは無理だろ？　だから、話し相手がいたほうがいい」

一人で喋り続けることと、話し相手がいて話し続けること。

どちらのほうがやりやすいかなんて、考えるまでもないだろう。

そして、数人でワイワイとやる動画のほうが一人でやる動画よりも盛り上げ箇所を作れたり、単純に会話だけで視聴者を楽しませたりすることができる。

だから陽《よう》は、真凛の話し相手を用意するということを口実にして、佳純を勧めた。

こうすることで違和感なく佳純を連れて行くことができる、と陽は思ったのだ。

他に陽が勧められる女子はいないというのを、真凛も理解しているのだから。

しかし――。

「話し相手は、カメラマンの陽君に……」

真凛的には、話し相手は陽になってほしいようだった。

当然真凛がそう考えることも陽は想定しており、真凛の言葉に対して首を横に振る。

「駄目だ」

「どうして、ですか……？」

断られたことで、真凛は縋《すが》るような目で陽の顔を見つめてきた。

そんな真凛の目を見た陽は申し訳なく思うが、拒否したことにもちゃんと理由があるのでそれを説明するために口を開く。

「画面に映らない人間との会話はあまり好まれないんだ。それに、秋実のかわいさを推しに動画を撮るんだったら、男の声が入るのはやめたほうがいい」

女の子のかわいさを求めて動画を見る男は、動画配信者などをアイドルのように見てしまうところがある。

だから男の影があるだけで嫌い、ファンをやめてしまったりするのだ。

人気配信者になるにはそういった層もきちんと取り込んでいかないといけないため、陽は自分の声を入れるようなことはしないほうがいいと思っていた。

「むぅ……」

だけど、真凛は納得がいかないのか不服そうに再度頬を膨らませる。

見た目の幼さも相まって子供が拗ねているようにしか見えないので、陽は物凄《ものすご》くツッコミを入れたくなった。

子供扱いされるのを嫌うくせに、子供みたいな態度を取る真凛。

しかし、元々陽からすると真凛はこのようなキャラではなかったはずで、最近になってこんな真凛を見かけるようになっている。

どういう変化があったか詳細にはわからないが、真凛が陽に気を許しているからこそ見せている一面には間違いない。

その結果、陽が思ったのは――

（やっぱ、秋実《あきみ》の素って子供だよな）

――真凛は大人っぽく振る舞っているだけで、本当は子供みたいな女の子だ、ということだった。

「…………」

陽の隣で黙々とご飯を食べ進める真凛。

そんな真凛を横目で見ながら、陽はどうすればいいか考えていた。

そして――。

「秋実って、本当に料理が上手なんだな」

子供扱いをせず、なおかつ真凛の機嫌が直りそうなこととして、料理の腕前について褒めることにした。

女の子で料理が上手だと褒められた場合、喜ぶ者は多くても嫌がる者などほぼいないだろう。

その上、真凛の料理の腕前は確かだった。

陽のために幼い頃から料理を練習していた佳純と同じくらい、真凛は料理が上手だと陽は思っている。

しかし――。

「…………」

真凛は疑わしいものを見るような目で陽の顔を見上げてきた。

まるで、『どうせご機嫌取りなのでしょ？』とでも言いたげな表情だ。

その表情を見た陽はポリポリと後ろ頭を掻《か》き、若干めんどくさそうに口を開く。

「秋実って俺にだけ態度が違うのはなんなんだ？」

この学校の生徒にとって秋実真凛とは、常に笑顔でいる天使のように優しくてかわいい女の子、という認識になっている。

それは真凛が誰に対しても笑顔で話をするからこそそのような認識になっているわけで、逆に言うと今みたいな訝しげな表情は陽にしか見せていない。

以前話したように、別に陽は態度の違いを不満に思っているわけではないが、気になってはいたのでこの際聞いてみたのだ。

すると、真凛は少しだけ考えてゆっくりと口を開く。

「葉桜《はざくら》君なら、いいかなっと……」

左手で耳に髪をかけながら、少し恥ずかしそうに真凛は自分の考えを言葉にした。

陽のことを信頼しているからこそ出た言葉だ。

しかし――。

「あぁ、まぁ雑に扱われるのは慣れてるしな」

陽は、真凛の言葉を別の意味で捉えてしまった。

「そ、そういうことではないです！　ただ、葉桜君ならなんだかんだで受け入れてくれそうだなって――あっ！」

勘違いした陽の言葉を慌てて否定する真凛。

しかし、咄嗟《とっさ》に否定したことによって失言してしまい、顔を真っ赤にして口元を両手で押さえた。

そして恥ずかしそうに若干目に涙を溜《た》め、ゆっくりと陽の顔を見上げる。

すると――。

「まぁ、俺を好きに利用すればいいって言ってるしな」

陽は、真凛の失言に対して別の捉え方をしていた。

それにより真凛はホッとするものの、同時になんとも言えない苛立《いらだ》ちを覚える。

普段は察しがいい男のくせに、どうしてこういうことに関しては鈍くなるのか。

もはやこれはわざとやっているのではないか、とすら真凛は思ってしまう。

「陽君って実は今までいろんな女の子を泣かせてきたのでは？」

鈍感な陽に業《ごう》を煮やした真凛は、拗《す》ねたような目をしながら陽にそう尋ねてしまう。

そんな真凛に対し、陽は不思議そうに首を傾《かし》げた。

「いや、そんなわけがないだろ？　そもそも女子と関わりがなかったし」

「それはさすがに――いえ、なるほど。そういうことですか」

一瞬陽の言葉を否定しようとした真凛だが、ある考えが頭を過《よぎ》ったことで逆に納得をしてしまった。

真凛は一年生の頃から陽のことを知っており、彼が他人を避ける性格だということも知っている。

しかし、女の子のほうから陽に近寄ってこないとは限らない、と最初は考えたのだが
――そのことを考えた時、ある女の子の顔が浮かんだのだ。

それは、陽に他の女の子が近寄ることを嫌がる佳純《かすみ》の顔だった。

だから佳純が陽に近寄る女の子を全て追い払い、近寄らせなかったのではないかと真凛は考える。

今日も佳純は、真凛と陽が一緒にお昼に行こうとすると凄く嫌そうな顔をしていた。

そして、一年生の頃は陽に他の女の子が近寄らないように悪評を流していたので、真凛はその仮説が間違いではないと判断をする。

「……まぁ、だからいろんな女の子は泣かせたことがない」

陽は真凛がどのような想像をしているかなんとなく察しがついていたが、そのことは否定せずに言葉を続けた。

もちろん、一回も泣かせたことがないというわけではない。

ただ、いろんな女の子は泣かせておらず、一人だけ泣かせたことがあるという話だ。

当然陽はそんなことをわざわざ口に出すようなことはせず、話が逸《そ》れたので元の話に戻すことにする。

「それにしても、本当に料理が上手だよな。毎日食べたいくらいだよ」

「――っ!?」

陽はパクパクと真凛お手製のお弁当を口に含みながらそう言った。

そんな陽の隣では、再び顔を真っ赤にした真凛が驚いたように陽の顔を見上げている。

その口はパクパクと動いており、何かを言いたいのに言葉が出てこない様子だった。

「ん？　どうした？」

真凛《まりん》の様子が変なことに気が付いた陽は、不思議そうに首を傾げながら尋ねる。

すると――。

「陽君は、危険です……！」

なぜか、真凛は顔を真っ赤にした状態でそう怒ってしまうのだった。

◆

「――女って難しい」

「うん、急に呼び出したと思ったらどうしたの？」

放課後、屋上でフェンスにもたれながら嘆く陽に対し、この場に呼び出された晴喜《はるき》は苦笑いを浮かべる。

「いや、まぁ、うん」

佳純は甘えん坊のくせに他の女の影がちらつくだけで機嫌が悪くなるし、真凛は真凛で怒るポイントがよくわからない。

両方が納得するところで話を落ちつかせたいのに、癖が強い女子二人によってそれがうまくいかないため、陽は愚痴りたくなっているのだ。

しかし、それは晴喜には関係がないので、陽は頭を切り替えて再度口を開いた。

「それよりも、呼び出して悪いな」

「まぁ、放課後は暇をしてるからいいけどね」

そう言う晴喜は優しい笑顔を見せてきた。

あのいじめの一件以来、晴喜の様子は落ち着いている。

付き合っているという建前があるせいで昼休みは佳純とお弁当を食べているようだが、それに対して悪い噂《うわさ》を聞かないことから嫌々感は出していないようだ。

それに、真凛とも元の幼馴染《おさななじ》みのように仲良くしていると聞く。

どうやら話を聞く限りでは、晴喜は完全に前を向いて歩きだしているようだった。

しかし、結局それはあくまで噂などの人づてに聞いていることであり、陽が自分の目や耳で確かめたものではない。

だから佳純のこともあるので、一度陽は晴喜と直接話をしておきたかった。

「さて、何から話したものか」

「なんでも聞いてくれていいよ。陽君には恩があるしね」

「あぁ、それは助か――おい、ちょっと待て」

晴喜にお礼を言おうとした陽だが、違和感を覚えてそちらに喰《く》いついてしまった。

「ん？　どうしたの？」

「いや、今なんて呼んだ？」

「陽君？」

「やっぱり聞き間違いじゃなかったか……。急にどうして下の名前で呼び出したのかが気になるんだが」

陽《よう》は嫌な予感がしながら晴喜に尋ねる。

すると、晴喜はニコッと笑みを浮かべて口を開いた。

「真凜ちゃんが嬉《うれ》しそうに呼んでたから？」

「…………」

嫌な予感が当たったことで、陽は思わず額に手を当てて天を仰いでしまう。

（あいつ、二人きりの時だけっていう約束を破りやがった……）

真凜がどういう経緯で、晴喜の前で陽の名前を呼んだのかはわからない。

しかし、これが佳純の耳に入れば厄介極まりないのはまず間違いなかった。

だから陽は、今後真凜に『陽君』呼びをさせないように検討を始める。

そんな陽を見た晴喜は、慌てたように口を挟んだ。

「あっ、大丈夫大丈夫。僕の前でしか言ってないし、普段はちゃんと葉桜君って呼んでるから。ただ、テンションが上がった時だけ無意識に陽君呼びしてるみたいだね」

「いや、俺のことでテンションが上がる話題ってなんだよ？」

「う～ん、それは内緒かな？」

陽の質問に対し笑顔で曖昧に返す晴喜。

答えを言わない晴喜に対して陽は不満を覚えるが、とりあえず真凜がどういう状況で陽君呼びをするのか聞きだすことにした。

「木下《きのした》、よく考えてみろ。自分が知らないところで噂をされるのは気分が悪いだろ？　そしてその会話の内容が気になるのは当たり前のことだ」

「うん、でも君もよく本人がいないところで話題に出す気がするんだけど？」

「悪口は言わない」

「なら僕たちも問題はないね」

陽の言葉に対し、晴喜は余裕の笑顔で返す。

その態度に見覚えがある陽は、『似た者同士め……』とぼやきながら息を吐いた。

「どうしても教えないと？」

「さすがの僕もそこまで野暮なことはしないよ」

「………」

頑《かたく》なに真凜を庇《かば》う晴喜を前にし、陽はこれ以上の説得は無駄だと理解をする。

なんでも聞いてくれとはなんだったのか、という思いはあるが、元々こんなことを聞きだすために呼び出したわけでもないため、陽は思考を切り替えて当初の目的を果たすことにした。

「もういい。それよりも聞きたかったのは、木下がこれからどうしたいのか、ということだ」

「僕がどうしたいか？　どうしてそんなことを聞くの？」

不思議そうに尋ねる晴喜。

そんな晴喜から陽は視線を外し、ぶっきらぼうな表情で口を開いた。

「木下が根本《ねもと》のことを利用したとはいえ、元々先に利用しようとしたのはあいつだ。そのせいで色々と無茶苦茶にしてしまったのだから、その尻拭いはやっておく必要がある」

「君ってなんだかんだ言って、佳純ちゃんのこと大好きだよね」

「そうじゃない。ただ、幼馴染みが馬鹿なことをしたら見過ごせないだけだ。お前だってそうだろ？」

「う～ん、どうだろう？　真凛ちゃんの尻拭いをする機会なんてなかったし、寧《むし》ろやってもらってたほうかもしれないからね」

佳純と真凛では同じ幼馴染みでもタイプが全然違う。

それは陽と晴喜でも同じことが言えるわけであり、故に同じ道を通ってきたわけではない。

むしろ、無自覚に相手を甘やかす陽は、尽くしたがりである真凛側の立場であっただろう。

そのため、晴喜には陽の考えは理解出来るけれど、同じように思えるというわけではなかった。

逆に言えば、晴喜の返しを陽も同じように思えるわけではないのだ。

「いや、秋実《あきみ》も結構やらかしそうなタイプではあると思うが……」

今の陽にとって、真凛は危なっかしい女の子という印象だ。

おとなしくて大人に見えていた性格は仮のもので、今では気に入らないことがあればペットが飼い主の手を噛《か》むように反撃をしてくる。

そして結構ドジなところがあるため、反撃の際に変なことをして相手だけでなく自分も恥ずかしい思いをするような女の子だ、と陽は思っていた。

しかし――陽の言葉を聞いた晴喜は、なぜかいきなり笑い始めた。

「はは、それはやっぱり君にだけだよ。僕に対してはそんなところを見せたことがないしね」

「なんだそれ、納得いかないな……」

「そんなふうに言わないであげてよ。あの他人の世話を焼くばかりだった真凛ちゃんが、君になら自分も甘えられると思っているっていうことなんだからさ」

「お前、完全に他人事《ひとごと》って顔だな」

まるで自分には関係ない、とでも言うかのように笑顔で話す晴喜に対し、陽は物言いたげな目を向ける。

すると晴喜は困ったように頬を掻《か》いた後、屋上から見える景色へと視線を向けて口を開いた。

「僕は器じゃなかったんだよ」

「器？」

自嘲気味に話す晴喜を前にし、陽は思わず尋ねてしまう。

そんな陽に対して晴喜は力のない笑顔を見せた。

「普通、真凛ちゃんのような女の子が傍《そば》にいたら、誰も手放したくないと思うんだ。だけど、僕はそれを重荷に感じて……」

真凛は学校一、二を争う容姿と学力を誇るだけでなく、他人を尊重し、寄り添うような優しい性格をしている。

小柄で童顔なところは人によってはマイナスかもしれないが、それを補うほどに女の子らしいある一部分は人より成長している。

そんな女の子が傍にいるのなら、普通は――と晴喜は言いたいのだ。

そしてそんな女の子を嫌がり、突き放した自分のことを責めている。

「それは人それぞれだろ」

しかし陽は、晴喜の言葉を肯定しなかった。

ここで肯定をすることがどういう意味になるのかを、陽はわかっているのだ。

ただ、それだけではなく他に考えていることもあった。

「十人十色という言葉があるように、人それぞれ考え方は違うだろ。お前が秋実とは合わなかったというのは事実だが、だからといってもうお前が悪いとは言わない」

何も知らなかった頃とは違い、今の陽は晴喜の事情を知ってしまっている。

それでもなお晴喜が悪いと責められるほど、陽は浅はかではなかった。

「……君って、本当に不思議な人だね」

陽の言葉を聞いた晴喜はなぜか驚いた様子を見せる。

そんな晴喜に対して陽は文句を言いたい気分になったが、晴喜の話はまだ続きそうだったのでグッと言葉を呑《の》みこんだ。

「でも、真凛ちゃんを傷つけたのは許されないことだよね。それなのにどうして、あの子はニコニコと僕の隣にいるんだろう……」

晴喜と真凛は昔のように仲がいい幼馴染みという関係に戻っている。

本来、自分を傷つけた人間と一緒にいたがる人間はいないだろう。

しかし、真凛は晴喜に対して嫌悪感は見せず、昔のようにニコニコ笑顔で接して自分から話しかけているのだ。

それに対して晴喜は気持ちの悪さを感じているのかもしれない。

（そりゃあ、自分のせいで傷つけてしまったと思っている人間に対して、怒れるような奴《やつ》じゃないからだろ……）

真凛がどうして晴喜に対して何も文句を言わないのか――それを理解している陽は、なんとも言えない気持ちになってしまう。

だけど、ここでそれを言うことを真凛が望むはずがないため、陽は話を変えることにした。

「それは今度、秋実に聞いてみればいいんじゃないか？　さっきも言ったけど、俺が今知りたいのはお前がこれからどうしたいかってことだからな」

「う〜ん、正直に言うと、どうしたいのかって自分でもわからないんだよね」

陽の質問に対し、晴喜《はるき》は困ったように笑みを浮かべる。

少し前まで壊れていたようなものだったため、自分の本心がどこにあるのかわかっていないようだ。

そんな晴喜を見た陽は黙り込み、フェンスへともたれ掛かった。

「根本のことはどう思ってるんだ？」

「どうって？」

「まだ付き合っているフリをしているのは、少なからず根本に気があるからなのか？」

学校で晴喜と佳純《かすみ》は付き合ったままになっている。

本来それに対して陽は口を挟める立場ではないが、佳純と晴喜が望まずにただ状況に流されているだけなら、口を挟もうと思っていた。

だからそのための確認である。

しかし、それに対して晴喜は面喰らった表情をした。

「まさか、どんな狂気を起こしたら佳純ちゃんを好きになるんだい……？」

「狂気って……一応あいつは、学校で一、二を争う人気者だろ？」

晴喜が酷《ひど》い言い方をしてきたので、陽はなんとなく佳純のことを庇ってしまう。

すると、晴喜は慌てたように両手を自身の顔の前でブンブンと振った。

「あっ、違う違う！　別に佳純ちゃんに魅力がないってことじゃないんだ！」

「いや、そんなに慌てて取り繕わなくてもいいぞ？」

「そうじゃなくて、佳純ちゃんって陽君にゾッコンじゃないか！　もうストーカーとしか思えないような行動をしているくらいに君しか眼中にない！」

「やっぱり悪く言ってるんじゃ……？」

「じゃなくて……！　明らかに他の男子に気がある女の子を好きにはならないって言いたかったんだよ……！」

そう言って慌てて取り繕う晴喜。

相手に好きな人がいるから好きにならない――人の心はそれほど単純でもなければ、理性が利くわけでもない。

そして晴喜が漏らした言葉から、陽は晴喜が思っていることを理解した。

（佳純の黒い部分を沢山見てきたから、好きにはならないってことなんだろうな……）

陽に関わることとなると、佳純は異様な執着心を見せる。

少し前までは、学校で関わることがなかったため見る機会はほとんどなかったが、最近は陽が真凛《まりん》と関わり始めたせいで佳純はよく全身から黒いオーラを出していた。

その姿と言動を近くから見ている晴喜からすれば、佳純を恋愛対象として見ることができないのだろう。

「まぁ根本に気がないってことはわかったよ。だったら、お前は今の関係を終わらせたいのか？」

　ここで突《つ》いても晴喜を困らせるだけだと思った陽《よう》は、話を先に進ませることにする。

　そんな陽の質問に対して、晴喜はコクリと頷《うなず》いた。

「うん、そうだね。ただ、今別れてしまうと佳純ちゃんに対する周りからの評価が……」

「別に、ただ馬が合わなかったとか、そういう感じになるだけじゃないか？　むしろ、根本がフリーになるなら喜ぶ奴のほうが多そうだ」

「いや、あの子が彼氏というおもりがなくなったらどう行動するかなんて、もう目に見えてるよね？　それによって周りがどう思うかも容易に想像がつくよ」

「あぁ、それは……まぁ、それも自業自得ってことでいいんじゃないか？」

　佳純が行動をして招く自身への被害は、もう本人の責任と言わざるを得ない。

　それに対して晴喜が気にする必要はないと陽は思っていた。

「君は凄《すご》いね。おそらくモロに被害を受けるのは君なのに……」

「向き合うことに決めたんだ。もう同じ過ちはこりごりだし、秋実の望みを叶《かな》えるなら必要なことだと思ったからな」

「なるほど……。でもね、それは本当に真凜ちゃんのことを想《おも》ってなのか、それともただ理由付けにしているだけで、本当は佳純ちゃんを優先したいだけなのか……。君の本心はどっちなんだい？」

「……さぁな。それよりも、俺が聞きたかったのはそれだけだ。呼び出して悪かった、

「じゃあな」

晴喜から質問を受けた陽はそう誤魔化し、知りたかった答えを知れたことで屋上を後にするのだった。

◆

「――何、急に呼び出して？　私だって忙しいんだけど」

夜、陽の部屋を訪れた佳純は嫌そうな言葉を口にした。

しかし言葉とは裏腹に、目はとても期待したように輝きながら陽を見つめている。

実は、陽からメッセージをもらった佳純は、急いで陽の部屋を訪れたのだ。

もちろん、甘やかしてもらえると期待しているからの行動だった。

逆に陽は、あいかわらずの佳純の肌色多めの格好を前にして、目のやり場に困ってしまった。

寝間着にも見えなくはないが、ここ最近のことを踏まえると佳純がわざとそういう服をチョイスしてきているようにしか思えない。

（いい加減この格好は注意したほうがいいか……？）

どうも陽の反応から味をしめてしまっている佳純を前にし、このままではよくないと陽は思う。

佳純は味をしめると——言い方を変えれば、調子に乗ると何度も繰り返してしまうような子供だ。

下手をすると、陽が注意するまで延々と続けることだってありえる。

とはいえ、そう簡単に言うことを聞く子でもない。

もう甘やかさないと言えばすぐに言うことは聞かせられるけれど、それは陽にとって最終手段であり、あまり使いたくない手だった。

「寒くないのか？」

「これからどんどんと暑くなっていくんだから大丈夫」

「ワンパターンだと、相手に飽きられるぞ？」

「大丈夫、陽の目はそうは言ってない」

遠回しに言ってやめさせようとする陽だが、佳純は自信を持った表情で返してきた。

それに対して陽は言う言葉をなくし、黙り込んでしまう。

すると——。

「それか、猫のコスプレ、しよっか……？」

ほんのりと頬を赤らめた佳純が、上目遣いにそう尋ねてきた。

体は恥ずかしそうにモジモジとし、潤った瞳で陽の顔を見つめてくる。

そんな彼女に対して陽は思わず息を呑むが、すぐに我に返り額に手を当てながら口を開いた。

「なんでそうなるんだよ……」

「だって、男の子は猫のコスプレが好きだって……」

「いや、そんな情報どこで手に入れたんだ……？」

「……内緒」

陽の質問に対し、佳純はプイッとソッポを向いてしまった。

答えるのが恥ずかしいのか、それとも陽の反応が不満だったのかはわからないが、佳純がまともなルートで得た知識ではないことを陽は察する。

「変な本ばかり読むなよ……」

「なっ!? 別にえっちな本なんて読んでないから！」

「誰もエロ本とは言ってないだろ。そんな否定のされ方すると逆に疑わしいぞ？」

呆《あき》れたように息を吐く陽。

こんなことを言う陽だが、本気で佳純がエロ系の本を読んでいるとは思っていない。

なんだかんだいって佳純の根はまじめであり、中学時代はエロに関する物のことを凄く毛嫌いしていた。

昔、他の男子が陽にそういう話をしようとした際、目の色を変えて追い払っていたくらいだ。

だから佳純はそういう本を読んだことすらない。

そう思っていた陽だが——。

なぜか、佳純は顔を真っ赤に染めて陽から目を逸《そ》らしてしまった。

その行動を見て陽は再度息を呑んでしまう。

「まさか、お前……」

「ち、違うの！　別に買ってないから！　他の女の子が無理矢理渡してきたのが部屋にあるだけだから！」

佳純の様子から察した陽の言葉を慌てて佳純は遮る。

そして言い訳を始めるのだが、当然佳純のことをよく知る陽に対して通じる嘘《うそ》ではなかった。

「いや、そもそもお前に本を押し付けられるような奴がいないだろ」

「……………」

佳純は陽の真似《まね》をして他人を突き放す態度を取っている。

ましてや陽と晴喜、そして真凛以外にはとても冷たく接しており、そんな彼女に本を押し付けられるような生徒を陽は知らない。

そのことをツッコまれた佳純は、再度気まずそうに視線を逸らしてしまった。

「秋実《あきみ》といい、女子って意外とむっつりだよな」

いつの間にかエロ本に興味津々になっている幼馴染《おさななじ》みを前にした陽は、思わずそうツッコミを入れてしまう。

「…………」

しかし、これが自ら地雷を踏みに行く言葉だったことに言ってから気が付いた。

「ちょっと待って。どうしてそこで秋実さんが出てくるの？」

「………………」

「ねぇ、普段あの子とどういう会話をしてるわけ？　怒らないから教えてよ。ねぇ、ほら早く」

恥ずかしそうにしていたはずの佳純は、陽のたった一言から陽が真凛のことをむっつりだと思う出来事があったのだと理解し、とても冷たい目で陽の顔を覗《のぞ》き込んできた。

「だから、そういうのはやめろって言ってるだろ……」

目からハイライトが消えた佳純を前にし、陽は若干後ずさりながら佳純に注意をする。

しかし佳純は前回とは違い、更にグイッと顔を寄せてきた。

お互いの息がかかる距離に佳純の顔が来たため、陽は息を吞《の》む。

「今回悪いのは百パーセント陽だから問題ない」

「いや、俺がどう受け取るかの問題だから……」

「そんな言い訳は通じない」

佳純はそう言いながら、陽の首元に手を添えて目を見つめてきた。

「何をしているんだ……？」

「こうすれば、陽が嘘をついた時わかる」

「さすがにそれは無理だろ……？」

「試せばわかる。ただし、嘘をついたら許さない」

至近距離からプレッシャーをかけてくる佳純《かすみ》。

陽には佳純の言っていることの真偽はわからないが、おそらくこれは嘘だと考える。

そんなことができるのは特殊な訓練を受けた人間だけで、普通の生活をしてきた佳純には無理だと。

しかし、佳純は何げになんでもできるハイスペックな人間だということも知っているため、万が一本当だった時のことを考えて下手な嘘はつけなくなってしまった。

もしかしたらこうなることが佳純の狙いかもしれない——そんなことを考えながら、陽は口を開く。

「水に流したとはいえ、これから先のことを気にしないと言ったわけじゃない。付き合ってるならまだしも、付き合っていないのにこんな重いことをされたらやっぱり俺はお前を受け入れられなくなる」

「——っ！」

佳純の目を見つめながら陽がそう言うと、佳純は大きく目を開いて息を呑んだ。

そして俯《うつむ》き、プルプルと体を震わせ始める。

陽はそんな佳純の様子を見つめながら黙り込んでしまった。

(最低かもしれないけど……このままじゃ、また同じことを繰り返すだけだ……)

陽としては、佳純をもう突き放すことをしたくないのが本心である。

だけど、一番大切だと思っていた中学時代でさえ、拒絶してしまったほどだ。

精神的には中学時代より成長している陽ではあるが、再び佳純のことを受け入れられなくなるのは目に見えている。

ましてやこの離れていた約二年間で佳純の重さは増していると陽は感じており、前よりも酷《ひど》くなることさえ考えられた。

だから、まだ陽の制御が利く今のうちにどうにかしたいと思っているのだ。

「…………陽が、悪いのに……」

数秒後、そう声を発した佳純は、まるで幼子のような拗《す》ねた涙目で陽の顔を見つめてきた。

佳純の予想外の表情に陽は驚くが、ここではグッと堪《こら》えて甘やかさないようにする。

「だからってそんなヤンデレみたいになるのはよくない」

陽が甘やかすのではなく突き放すように言うと、佳純はクシャッと顔を歪《ゆが》めて俯いてしまう。

そして、体を震わせながらゆっくりと口を開いた。

「……でも、だったらあの子と仲良くしないでよ……」

佳純は、陽が真凛《まりん》と仲良くすることによって陽を盗《と》られることを恐れている。

だから、陽と真凛が仲良くしているようなことを聞けば怒ってしまうのだ。

逆に言えば、真凛と仲良くさえされなければ自分がこうなることはない、と遠回しに佳

純は陽《よう》にアピールをしていた。

しかし、当然そんな頼みを陽は聞けない。

「悪いけど、それは無理だ」

「――っ！　どうして――！」

「佳純が、こういう状況にしたんだろ？」

陽の答えを聞き、思わず喰《く》ってかかろうとする佳純。

そんな佳純の言葉を今度は優しい声で陽は遮った。

「私、は……」

「わかってる、二人の勝負がついた時、佳純にそんなつもりはなかったことは。偶然俺があの場に居合わせなかったら、こんなことにはならなかったんだからな。だけど、現状こうなってしまっているし、それは佳純と木下《きのした》のせいだ。その事実はどれだけ佳純が言い訳をしたところで変わらないんだよ」

「でも……！」

「佳純と木下がやったことで一番被害を受けたのは秋実だ。だったらあいつのケアを一番優先しないといけないのは、当然のことだろ？」

「…………」

陽の言葉を聞き、佳純は再度俯いてしまう。

佳純も真凛を傷つけてしまったことは自覚しており、ここで真凛を蔑《ないがし》ろにするような言葉を言えば陽が怒ることは目に見えていた。

そして言い返せる言葉も持ち合わせておらず、陽に突き放されそうな状況にヒクヒクと泣き始める。

そんな佳純の頭を、陽は優しく撫《な》でた。

「だけど、それは佳純を蔑ろにするわけじゃない。だから泣くなよ」

もし佳純を突き放すのなら、こんなややこしい状況になんてなっていなかった。

突き放さないで済むように、陽は色々と動くことにしたのだ。

しかし、陽の気持ちを知らない佳純は、当然陽が自分のために動いていることなど知らない。

だから納得ができずにいた。

「だけど、あの子とは仲良くする……」

「そうだな。佳純がそれを嫌だって言うても俺はやめることはできないし、佳純が嫌ならそれは罰だ」

「罰……？」

「そうだ。誰かを傷つけたのなら、自分が傷つけられるのは当たり前のことだよ。結局佳純は何も罰を受けていないんだし、秋実とのことが罰だと思ってくれ」

陽は償いとして、何かしらの罰を佳純に受けてもらうつもりでいた。

そして真凛と仲良くすることが佳純を苦しめるのなら、真凛を放っておけない状況である以上、それを罰ということで納得してもらおうと思ったのだ。

ただ、当然これでは佳純がヤンデレ化することに関して何も解決しない。

だから陽はもう一つ案を提示する。

「それに、これから佳純は秋実と一緒に行動するんだろ？　その中であいつと仲良くなれば、秋実と俺が仲良くしてても気にならなくなるんじゃないのか？」

自分と仲良くしている二人が仲良くしているのであれば、嫌に感じるのではなく嬉《うれ》しく感じる。

陽はそう考えていた。

だから、真凛の動画撮影に佳純を同行させることにしたのだ。

自分も一緒に行動できれば佳純が納得しやすくなり、その中で真凛と仲良くなってくれれば全てが上手《うま》くいくはず。

そのための手回しもしてきた。

しかし――。

「無理……」

佳純から返ってきたのは、否定的な言葉だった。

「そんなに嫌なのか？　元々佳純も、秋実とは仲がいいほうだっただろ？」

陽の記憶では佳純、真凛、そして晴喜《はるき》はいつも一緒におり、なんだかんだ仲がいい三人組のように見えていた。

それは真凛が心優しい女の子なため、さすがの佳純もそんな子相手に酷いことは言えなかったからだ。

陽でさえ真凛相手にはどうしても強く出られないのだから、陽の真似をしていただけの佳純にできないのも当然だった。

そして、真凛と佳純は勉強でトップを競い合う仲であり、お互いを認めあっているライバルのようにも見えていた。

陽からすれば、晴喜を除けば佳純と真凛は一番仲がいい友達に見えていたくらいだ。

だから陽は、また真凛と佳純の仲を繋《つな》げることができると思っている。

しかし――。

「あの頃と、状況が全然違うもん……」

佳純は、どうしても譲れないらしい。

「秋実に嫌われたからか？　確かに今は、佳純に対して嫌な感情を抱いてるかもしれないが、佳純から寄り添えば気にしなくなるだろ？　あいつは見た目は子供みたいでも、懐は大人よりも広い奴《やつ》だ」

「そういう話じゃない……。ほんと陽は、こういう時ばか……」

そう言って拗ねたような表情で佳純は物言いたげな目を向けてきた。

当然、いきなり馬鹿と言われた陽は納得がいかないとでも言わんばかりに不満そうな表情をする。

その際に撫でる手を止めると、すぐに佳純は陽の手を摑《つか》んで自ら動かし始めた。

撫でることは継続しないと駄目らしい。

「お前、本当になんなんだよ……」

こんな状況でも甘やかされないと気が済まない幼馴染《おさなな》み《じ》を、陽は困ったように見つめてしまう。

「甘やかされたい……」

「……いや、そうじゃなくて、秋実《あきみ》と仲良くできないって言ったり、俺のことを馬鹿だと言ったことについてなんだが……」

相変わらず自分の要求に素直すぎる佳純に対し、若干動揺しながら陽は訂正をする。

しかし、勘違いをして答えたわけではなかった佳純は、陽の服の袖をクイクイと引っ張ってきた。

どうやら甘やかせと言っているようだ。

「話をうやむやにしようとしていないか……？」

「むぅ……」

佳純が誤魔化そうとしているんじゃないかと陽が聞くと、佳純は不服そうに頰を小さく膨らませてポカポカと陽の胸を叩《たた》き始める。

そんな佳純の手を優しく摑み、陽は真剣な声で佳純に話しかけた。

「何がそんなに嫌なんだよ？」

「だって、仲良くなんて無理……」

「一応、間に立ってくれる人員として凪沙《なぎさ》を呼んでいるが……」

「もっと無理じゃない！」

凪沙の名前を聞くと、なぜか佳純は凄《すご》く怒ってしまった。

どうやら凪沙が入るのは嫌なようだ。

「う～ん……じゃあ、佳純はもう俺と行動をするのはやめるか？」

ここまで嫌だ嫌だではどうしようもなく、真凛を優先しないといけない陽にとって佳純がどこまでも譲らないのであれば、最終的に切るしかなくなる。

その最終確認を陽はとうとう佳純へと投げた。

「――なんで、そんないじわるばかり言うの……？」

陽に突き放されると理解した佳純は、陽の胸元の服を掴みながら弱々しい声で陽に訴えかけた。

縋《すが》るようにして聞いてくる佳純に対し、陽は視線を彷徨《さまよ》わせながら口を開く。

「別にこれは意地悪じゃないだろ」

「いじわるだよ……。さっきから陽、凄く酷いこと言ってる……」

「……だけど何度も言ってるが、佳純がこうなることをしたんだから……」

「でも、いくらなんでもこれは酷い……」

佳純にとって、陽との縁が切れることは一番あってはならないことだ。

しかし、だからといって真凛と仲良くする道を選べるはずがない。

佳純《かすみ》が今もっとも危険視しているのは真凛であり、その真凛と陽が関わることを凄く嫌がっている。

それなのに、恋のライバルとも言える相手と仲良くするなど不可能だ。

結局最終的には取り合いになることが目に見えているし、陽の狙い通り仲良くなればなるほど、決着を迎えた時に相手のことで心を痛めることになりかねない。

だから佳純は真凛と仲良くできないと言っているのだが、真凛に懐かれていても恋愛面で好かれているとは微塵《みじん》も思っていない陽には、理解してもらえなかった。

そのことに佳純はやりようのない気持ちを抱えるが、かといって真凛に盗られる可能性があることや、真凛が陽に気がある可能性があることなど言えるはずがない。

それでももし陽の気持ちが真凛に完全に移ってしまったら、それこそ詰んでしまう。

佳純はそんなことを頭の中で考えていた。

「佳純がやりたがっていたサブチャンネルもできるし……」

「陽と二人きりじゃないと、意味がない……」

「みんなでワイワイやったほうが楽しいだろ？」

「絶対、そんなふうにならない……」

「秋実はいい奴だぞ……？」

「だから、それとこれとは話が別……」

どうにか佳純を説得できないか試みる陽だが、何を言っても佳純は首を縦に振らない。

どうすれば佳純は納得するんだろうか？

そう陽が考え始めた時、部屋を出ていたにゃ～さんが陽の部屋へと戻ってきた。

そして泣いている佳純を見ると、ぴょんぴょんと佳純の体を駆け上る。

「にゃ～さん……？」

「にゃっ」

肩に乗っかったにゃ～さんは、肉球で佳純の頬を何度も優しくタッチをし始めた。

もしかしたら慰めようとしているのかもしれない。

「にゃ～さん、ありがとう……」

「にゃっ！」

佳純が目元を手で拭きながら笑顔でお礼を言うと、にゃ～さんは元気よく鳴いて佳純に応えた。

そして今度は、陽の目をジッと見つめ始める。

「にゃ～さん……？」

にゃ～さんは鳴き声を発することはなく、つぶらな瞳でジッと陽の目を見つめて訴えかける。

一般的には猫が目を合わせてくるのは、喧嘩《けんか》をする合図のようなものだが、仔猫《こねこ》時代から飼い猫で過ごしているにゃ～さんの場合は気持ちを伝えようとしている時が多かった。

それを知っている陽《よう》は、にゃ～さんが何を言いたいのかを考える。

「佳純をいじめるなって？」

「にゃっ！」

そして状況から予想してみると、にゃ～さんはとても大きな声で鳴いた。

おそらく肯定をしているのだろう。

離れていた期間があるとはいえ、陽がにゃ～さんを買いに行った時にも佳純は付いてきており、それ以降も仔猫だったにゃ～さんをとてもかわいがっていた。

だからにゃ～さんにとって佳純はもう一人の飼い主であり、いくら陽であろうとも佳純を泣かすことは許せないのかもしれない。

「いじめてないんだけどな……」

「うそ、いじわるしてるもん……」

陽がポリポリと頭を掻《か》きながら否定すると、子供のように拗《す》ねている佳純がすぐに否定をした。

言葉はわからずとも表情から感情を察することができるにゃ～さんはそれを見て、再度つぶらな瞳で陽を見つめる。

「にゃ～さんを味方に付けるのはずるくないか……？」

「陽がいじわるするせいだもん……」

「にゃっ！　にゃにゃっ！」

佳純の言葉に呼応するように声をあげるにゃ〜さん。

そんなにゃ〜さんを見た陽は、本当にこの猫は人間の言葉がわかるんじゃないか、と疑問を抱く。

「にゃ〜さん、佳純も悪いんだぞ？」

敵意を向けてくるにゃ〜さんに対して、一方的に責めているわけじゃないと説明しようとする陽だが、にゃ〜さんはかわいらしく小首を傾《かし》げた。

陽が何を言ってるのかわからない、そんな感じに見える。

「とぼけてやがる……」

「にゃ〜さんは猫なんだから、難しいこと言ってもわからないに決まってるじゃん」

「言うほど難しいことか……？」

「ね、にゃ〜さん。難しいよね？」

「にゃっ！」

佳純が笑みを浮かべてにゃ〜さんに聞くと、にゃ〜さんは元気よく鳴いて応えた。

それを見た陽は、（やっぱりわかってるだろ……？）とツッコミを入れたくなる。

しかし、その気持ちを押し殺して状況打破に出ることにした。

「まぁそれはいいや。それよりも佳純がどうしても嫌だって言うのなら、また一つだけ佳純の要求を吞《の》むよ」

「――っ!?」

棚から牡丹餅《ぼたもち》。

嫌でだだを捏《こ》ねていただけなのに、陽からの思わぬ提案で佳純は目を輝かせる。

「だから俺の言うことも聞いてくれ。それで手打ちにしよう」

「ほ、本当にいいの!?　今更取り消すとか無理だからね！」

陽の気が変わる前に佳純は言質《げんち》を取りにいく。

そんな佳純に対し、陽は真剣な表情でコクリと頷《うなず》いた。

「あぁ、本当だ」

「もし嘘《うそ》だったら、にゃ～さんもらうから！」

「にゃ～？」

突然名前を出されたことで、にゃ～さんは不思議そうに佳純を見つめる。

しかし対して興味がないのか、手をペロペロと舐《な》めた後自身の頭をゴシゴシと擦《こす》り始めた。

陽はそんなにゃ～さんを見ながら、苦笑いをして口を開く。

「お前、にゃ～さんいくらしたと思ってるんだ……」

「陽ならポンポン出せるお金でしょ！」

「人聞きの悪い言い方するなよな……。そんなにほしいなら、佳純も買えばいいじゃないか。俺と同じ金額どころか、服や美容品以外にはほとんど使ってないから、俺より持ってるんじゃないのか？」

「猫じゃなくて、にゃ～さんがいいもん……！　てか、服や美容品って陽が思っている数倍はお金が――って、そうじゃない！　危うく話を誤魔化されるところだった！」

陽に対して文句を言おうとしていた佳純は、話が逸《そ》れていることに気付き慌てて話を元に戻そうとする。

別に陽は意図的に話を変えようとしていたわけではないが、確かに話はにゃ～さんの話題へと移りかけていた。

だけどそれも、佳純が変なことを言い始めたからなのだが――。

陽は少し不満を抱きながら、頭をポリポリと掻いて口を開く。

「嘘は言わない。もし約束を守れなかったら、もう一つ要求を追加で呑む――それで今度こそ手打ちにしよう。さすがににゃ～さんはあげられないし、そういうカタみたいに扱うのも嫌だからな」

「にゃっ」

陽の言葉を聞き、にゃ～さんは満足そうに頷く。

その態度を見た陽はまたにゃ～さんに一言言いたくなるが、それよりも先に不服そうな佳純が口を開いた。

「むっ……にゃ～さんほしかったのに……」

「お前、それ目的が完全にずれてないか……？」

「まぁ、いいけど……陽さえ約束を守ってくれれば。じゃあ、私の要求は――」

不満そうにしながらも佳純は要求を口にしようとする。

しかし、言葉にする直前でなぜか思いとどまったように口を閉じてしまった。

そして、何やら真剣な表情で考え始める。

「どうした？　要求はなんなんだよ？」

佳純が押し黙ったことで、何か嫌な予感を察した陽はあえて先を促すことにした。

だけど、佳純は陽の言葉をスルーして考え込む。

そして、何を思ったのか肩にいたにゃ～さんを腕の中に抱き、首元をくすぐってあやし始めた。

「――ねぇ、陽。なんでもいいのよね？」

「いや、あくまで常識の範囲内だ」

「譲歩は？」

「なるべくする」

「そう。じゃあ私は――にゃ～さんの、動画デビューを求める！」

佳純はそう言うと、にゃ～さんを陽に見せつけるように抱きあげた。

「にゃ～さんの動画デビュー……？」

てっきり毎日甘やかせと要求してくると思っていた陽は、思わぬ内容に戸惑いを隠せない。

そして佳純が掲げるにゃ～さんに視線を向けるが、抱っこされていると思っているのか尻尾をゆっくりと大きく揺らしていた。

完全にリラックスしているし、ご機嫌な様子だ。

「常識の範囲内でしょ？　なんせ陽だって、私を秋実《あきみ》さんの動画に出そうとしてるんだから」

佳純が言っていることはもっともで、佳純に動画に出るよう求めている以上、陽も簡単には断れない。

しかし、やはりにゃ～さんにストレスを与えたくないという考えは変わらないため、陽はどう返事をしたものか悩む。

「……一応聞くが、どうしてそんなににゃ～さんを動画デビューさせたいんだ？」

「かわいいから！　人気者になるから！」

「にゃ～さんを金稼ぎに利用しようっていうのなら――」

「違う！　かわいい我が子をみんなに自慢したい！」

そう言う佳純は興奮したようににゃ～さんを上下に振る。

さすがにその行為はにゃ～さんも嫌だったらしく、佳純の手をバシッと叩《たた》いて飛び降りてしまった。

それにより佳純はシュンとしてしまうが、陽は自分の足元に擦り寄ってきたにゃ～さんを抱き上げ、にゃ～さんを見つめながら考え始める。

（まぁ、佳純《かすみ》が言うこともわからないわけではないんだよな……）

にゃ～さんは見た目がかわいいだけでなく、芸もしっかりと覚えている。

だから誰かに自慢をしたいというのは陽にもわかるのだ。

ましてや、その芸を仕込んだ佳純からすればみんなに見てほしいと思うことは不思議ではない。

（でもな……猫ってレンズを向けられるの嫌うっていうし……）

前に陽は真凛《まりん》とのビデオ通話でにゃ～さんを出したが、あれは画面に真凛が映っていたことでにゃ～さんの気を引くことができていた。

だからストレスにはなっていなかったのだが、撮影となるとそうも言っていられない。

ましてや長時間レンズを向けられることになる可能性もあるわけで、どうしても気乗りしなかった。

「にゃ～さん、レンズ平気か？」

「にゃ？」

腕の中にいるにゃ～さんに尋ねると、にゃ～さんは不思議そうに首を傾げた。

「駄目みたいだ」

「違うでしょ！　にゃ～さん、レンズが何かわかってないだけじゃん！」

「でも、嫌そうだぞ？」

「それは陽の偏見！　にゃ～さん、これ大丈夫だよね⁉」

陽が断る気満々だとわかった佳純は、スマホを取り出してカメラのレンズをにゃ〜さんに見せる。

するとにゃ〜さんは、佳純のスマホに向かって両手を伸ばし始めた。

「ほら、興味持ってる！」

「……本当だな。でも、あまり近付けるなよ？　引っかかれると困る」

「大丈夫だよ、にゃ〜さん頭いいもん！」

そう言って陽の忠告を無視してにゃ〜さんにスマホを近付ける佳純。

すると――にゃ〜さんの目が一瞬キラリと光り、バシッと蠅叩《はえたた》きのように佳純のスマホを思いっきり叩いてしまった。

それにより佳純のスマホが音を立てて地面へと落ちてしまう。

「あぁああああ！　私のスマホがぁああああ！」

「だから言ったのに」

スマホが落ちて大声を上げる佳純に対し、陽は呆《あき》れたように溜息《ためいき》を吐《つ》いた。

そして佳純の声で驚いてしまったにゃ〜さんの頭を、優しく撫《な》でて落ち着かせる。

「にゃ〜さん、あぁいうのはおもちゃ以外でやったら駄目だぞ？」

「ふにゃ〜」

注意をする陽だが、にゃ〜さんは気持ち良さそうな声を上げるだけで、聞いているのかどうかはわからなかった。

それに、よく佳純が先程のようにおもちゃをにゃ～さんに見せて遊ぶことが多かったため、佳純のスマホのことをにゃ～さんは遊び道具だと思っていた可能性が高い。

だからそこまで本気で注意する気にはなれなかった。

要は、忠告を聞かなかった佳純が悪いのだと。

「スマホが……」

「悪い、傷ついたなら弁償するよ」

「うぅん、平気……ただ、写真のデータが飛んでたらショック……」

そう言って佳純はスマホの中身を確認し始める。

中にはスマホを親に買ってもらってから撮ってきた陽《よう》との写真があり、それがなくなっていないかの確認をしていた。

涙目になっているそんな佳純を見つめながら、申し訳なく思った陽はゆっくりと口を開く。

「……まぁ、嫌がっていたようには見えないし、長時間じゃなかったらやってみるのはいいよ」

「本当!?」

そして陽の言葉を聞いた佳純は目を輝かせて顔を近付けてきたのだけど、それにより陽は、さっきの態度は演技だったのではないのかと思ってしまった。

しかし、次に発せられる佳純の言葉でそんなことはどうでもよくなる。

「言っておくけど、できる限り毎日撮影だから！」

「なるほど、そういう狙いか……」

どうして佳純が先程言葉を呑み込み、自分が甘やかされることよりもにゃ〜さんの動画デビューを優先したのか。

その狙いがわかった陽は、心の中でやられたと思った。

（やっぱり、なんだかんだ言って頭がいいんだよな……）

陽は、にゃ〜さんを外に連れ出すことをよしとしていない。

それは変な虫に取りつかれることを恐れているのと、動物などに襲われることを恐れているからだ。

だから、外での撮影はまずありえない。

となると、室内のどこかで撮影をすることになるのだが、にゃ〜さんのストレスを考えて慣れ親しんだ陽の家で撮ることは目に見えている。

そうなれば必然、佳純は陽と毎日一緒にいられるというわけだ。

要求を考えていた佳純の中では、毎日陽といるという提案は断られる可能性が高いと思っていた。

それどころか、一日だったのを二日に増やすという要求しか呑まない可能性すらあると思っていたため、佳純はこの策に出たのだ。

こうすればにゃ〜さんの動画デビューだけでなく、佳純は毎日陽と一緒にいられると考えた。

そして一緒にいさえすれば、なんだかんだ甘やかすのが好きな陽は自分のことを甘やかしてくれるとも。

にゃ～さんのストレス云々《うんぬん》に関しても、撮影時遊んであげればにゃ～さんはストレスを感じるどころか凄《すご》く喜ぶとわかっている佳純は、そのにゃ～さんを見せつければ陽は納得せざるを得ないと理解していた。

だからこの策を取ったのだ。

陽はそこまでを読み、大きく溜息を吐く。

「撮影、俺が担当ってことでもいいか？」

「そんなの駄目に決まってるでしょ！」

「だよな～」

本当に佳純にやられたと思い、陽は渋々彼女の要求を呑《の》むのだった。

次の土曜日――佳純と取引をした陽は、岡山駅の東口にある噴水のところにいた。

その隣では、ニコニコ笑顔の佳純が立っている。

どうやら陽と一緒にいられることが嬉《うれ》しいようだ。

二人はそのまま、待ち人が来るのを待つ。

数分後――。

「お、おまたせしました……」

どこか緊張した様子の真凜が二人の前に現れた。

真凜は頬をほんのりと染めており、陽の顔を期待したように見る。

すると陽は、頬を指で掻《か》きながら口を開いた。

「おはよう、秋実。今日はまた違った服装なんだな」

今日の真凜はおとなしい服装を好む彼女にしては珍しい、オフショルの黒いトップスにグレーのミニスカートを身に着けている。

黒色を基調とした服は金髪な真凜によく似合っているが、おそらく背伸びしているのだろう。

「おはようございます。こういうのもどうかと思い、挑戦してみました」

真凛は照れくさそうに微笑《ほほえ》みながら、指で髪を弄《いじ》り始めた。

普段着ない服装なだけに恥ずかしいのだろう。

真凛は落ち着きなく、今度はチラッと佳純に視線を向ける。

すると、佳純の目は真凛の強調が激しいある一部分を凝視していた。

「あ、あの、そんなに見つめられると恥ずかしいです……」

佳純がいったい何を見つめているのか気が付いた真凛は、恥ずかしそうに両腕で胸を押さえて頰を赤らめる。

同性とはいえ、見られるのは恥ずかしいようだ。

「いいじゃない、凄く立派なんだから」

恥ずかしがりながら上目遣いをする真凛に対して、佳純は吐き捨てるように応える。

全身からは黒い嫉妬のオーラみたいなものを放っていた。

「そ、そういう問題ではないかと……。ね、根本《ねもと》さんは、随分と大人っぽい服装なのですね……。それに、どうして眼鏡を……？」

現在佳純は、少し胸元を開いてシャツをセクシーに着ていた。

トップスは白、スカートは黒と色分けがされており、色っぽい女教師や秘書を連想させる大人っぽい服装だ。

おまけに髪は括《くく》ってポニーテールにしているし、なぜか伊達《だて》眼鏡をかけている。

本当に高校生なのかと疑問になるような見た目なので、真凛が疑問を抱くのも無理はなかった。

ちなみに、陽はあえてツッコミを入れていない。

佳純がそこに触れてほしいということを長い付き合いからわかっていたし、触れたら触れたで陽に対して何かしらの誘惑――アクションを見せてくるということが目に見えていたからだ。

「陽の趣味」

「へぇ……?」

佳純からどうしてこんな格好をしているか答えると、真凛は陽に対してニコッと笑みを向けた。

童顔の美少女だけあってとてもかわいらしい笑顔だが、なぜかその背景には黒いモヤモヤが陽には見えてしまう。

同時に、言いようのない寒気にも襲われた。

「根本……適当なことを言うな。俺はそんな趣味じゃない」

ここで黙っているのは得策ではないと判断した陽は、ほとんど睨《にら》むような目で佳純の顔を見る。

すると佳純は陽から目を逸《そ》らし、素っ気ない態度で口を開いた。

「でも、陽のパソコンの中には秘書物や女教師物が多かった」

「へぇ……?」

そして佳純《かすみ》の言葉を再度聞いた真凛《まりん》は、再び陽に笑顔を向ける。

しかし、先程よりも背景に見える黒いモヤモヤは数段濃さが増したように見えた。

「おい、ふざけんな。そもそもそんなの見てないからな」

当然、身に覚えがない陽は佳純に対して怒る。

そしてどう考えても約束を守るつもりがなさそうな佳純に更に注意をしようとする陽だが、ここで思わぬところから横やりを入れられた。

「――本当でしょうか？　葉桜《はざくら》君、秘書のような大人の女性が凄く好きそうに見えます」

そう発したのは、意外にも真凛だった。

彼女はつま先立ちになり、小さな背で頑張って陽に顔を寄せてきている。

「なんでそんなにムキになってるんだよ……？」

「別にムキになんてなってません」

そう答える真凛だが、明らかに陽が答えるまで納得しない様子を見せていた。

「落ち着けって。俺にそういう趣味はない」

「本当でしょうか……？」

陽の言葉に対し、真凛は訝《いぶか》しむように白い目で陽の顔を見上げる。

どうやら陽の言葉を全然信じていないようだ。

そんな真凛を煽《あお》った張本人――素っ気ない表情で陽たちを見つめている佳純は、今まで見たことがない真凛の表情を見て内心ではとても焦っていた。

（何、あの表情……!? 蔑むように見せて、実は親しい相手にしか見せないような表情じゃない！ あんな表情、木下《きのした》君にさえしたことがないでしょ……！ あと、顔！ 顔近すぎ！ そんなに近付く必要ないでしょ!?）

そう心の中で叫ぶ佳純だが、下手に割り込むことはせずグッと我慢をしていた。

陽が真凛の好意に気が付いていない以上、この蔑むような目も真凛に嫌がられているとしか捉えないはず。

だからここは、下手に刺激して真凛が照れたりするようなかわいい様子を見せてしまわないように、あえて割り込むことはやめていた。

しかし、そう思って見逃した数秒間で真凛がグイグイと顔を陽に近寄らせるので、佳純の中では沸々と怒りが沸きあがってくる。

「――そういえば、凪沙《なぎさ》はどうしたんだ？ そろそろ来てもいいはずだが……まさか、逃げたのか？」

佳純が怒りを抑えながら陽たちを見つめていると、陽は視線を真凛から外して周りを見回す。

しかし、あからさまに話を逸らした陽の胸元を、まだ納得していない真凛がクイクイと引っ張った。

「話を誤魔化さないでください」

「いや、もうよくないか？」

しつこい真凛に対し、陽《よう》は嫌そうな表情を浮かべてしまった。

陽はこういった話題でしつこく聞かれることを嫌う。

だから今も機嫌が悪くなっているのだ。

――しかし、佳純は知っていた。

陽が話を誤魔化そうとする時は、自分に都合が悪い内容の話だということを。

「ごめんなさい……」

陽が嫌そうにしたことで、真凛はシュンと落ちこんでしまった。

やりすぎたと気が付いたようだ。

「いや、別に怒っているわけじゃないから落ち込むなよ……」

落ち込んだ真凛を前にし、陽は優しい声を出して気遣うそぶりを見せる。

それが佳純には面白くなく、頰を膨らませて見つめていた。

本当は邪魔をしたかったけれど、ここで邪魔をすると陽が怒るのは目に見えている。

だから、グッと我慢しているのだ。

そうしていると――。

「やぁやぁ、何やら朝から揉《も》めてるねぇ～」

陽が真凛を慰めていると、何やら愉快な声が聞こえてきた。

そちらを見れば、帽子を被《かぶ》り布マスクをした小柄な人間が、陽たちを目指して近付いてきている。

パッと見は、男のようだ。

「凪沙、だよな？」

帽子とマスクで顔があまり認識できないが、見覚えのあるシルエットと声により、陽はそう尋ねた。

すると、指で帽子の鍔《つば》を持ち上げて、凪沙がニヤッと笑みを浮かべる。

「正解。というか、僕以外ありえないよね～」

当ててもらえたのが嬉しかったのか、ご機嫌な様子で凪沙は答えた。

普段は猫耳帽子を被っているのだけど、今回は普通の帽子なので少年っぽさが増している。

「悪いな、朝早くから来てもらって」

「あっ、昨日からそこのホテルに泊まってたから、別にかまわないよ」

凪沙はそう言って、岡山駅に繋《つな》がっている大きなホテルを指さす。

どうやらあのホテルに泊まっていたようだ。

「まぁさすがに、東京から新幹線で朝早くから来るわけがないか」

「僕は朝に弱いからね～」

やれやれ、という感じで両手の平を天に向け、凪沙は首を横に振る。

動画配信者は夜型が多いと言われ、凪沙も例に漏れないようだ。

「さて、それはそうと、なんで真凛ちゃんを悲しませてるの？」

凪沙の登場でせっかく気を逸らせた陽だったが、凪沙がそこを突いてきたので陽は嫌そうな表情を浮かべる。

するると、凪沙はニコッと笑みを浮かべた。

だから陽は、これがわざとだというのを確信する。

「ちょっといろいろあっただけだ」

「そのいろいろを聞いてるんだけど？」

「凪沙には関係ない」

また掘り返されたらかなわないので、陽は凪沙の質問に答えないことにした。

しかし、凪沙は逃がすつもりがないようで、自身のこめかみに指を当てて考え始める。

「じゃあ、推理してあげようか。そうだね……佳純ちゃんが秘書の格好をしてきたことを真凛ちゃんが気にし、佳純ちゃんが陽君の趣味だと答えた。それで真凛ちゃんに問い詰められ、嫌気がさした陽君が怒っちゃったってところかな？」

まるで見ていたかのように先程あった流れを言い当てる凪沙。

それに対して真凛は驚いたように目を丸くしたが、陽と佳純は特に驚いていなかった。

「相変わらず見ていたかのような正確さだな……。実は陰で見てたり、盗聴器を仕掛けたりしてるんじゃないのか？」

「そんなしょうもないことしないよ。それくらいのことなら、君達《たち》の性格を知っている以上見ればなんとなくわかるし」

凪沙の本業は探偵だ。

探偵とは、物的証拠や状況証拠などを元に推理をしていくのだけど、発想の柔軟性や勘の良さも必要となる。

そして凪沙は、勘の良さが人並以上に鋭かった。

だからこの程度のことなら瞬時に言い当てられるのだ。

「相変わらず変態」

「ん～？　佳純ちゃん、僕に借りがあること忘れてないよね？」

佳純が凪沙のことを変態と言うと、凪沙はこめかみをピクピクさせながら佳純を見た。

「あれは借りではないわ。依頼だもの」

「僕の仕事に、文章を考えるという仕事は入ってないんだけど？　正直、君には嫌気がさしたよ」

凪沙が言っているのは、前に佳純と一緒に陽へのメールを考えたことだ。

あの日は暴走する佳純のせいで何度も何度も書き直しをしたので、凪沙は未《いま》だに根に持っていた。

「いったいなんの話だ？」

凪沙と佳純が静かに火花を散らしていると、二人の雰囲気がなんだか悪くなっていたので、陽が間に入ってきた。

それにより、佳純はバツが悪そうに視線を逸らし、凪沙は笑顔で口を開く。

「別になんでもないよ」

「なんでもないようには見えないんだが……」

「野暮なことは聞きっこなしだよ」

どうやら凪沙は陽に教えるつもりはないらしい。

こうなった時の凪沙は絶対に口を割らないので、陽は佳純から聞き出そうかと考える。

しかし、まだ旅は始まってすらいない。

それなのに、最初から佳純の機嫌が悪くなるようなことはしたくなかった。

「まぁ、いいが……凪沙を呼んだのは、根本《ねもと》と秋実《あきみ》の間に入ってもらうためなんだ。お前が根本と喧嘩《けんか》するようなことはやめてくれよ？」

「あはは、それはちょっと保証しかねるかなぁ」

「なんでだよ……お前ら仲良かっただろ？」

陽の記憶では、中学時代佳純と凪沙はよく一緒にいる印象だった。

というよりも、陽と佳純が出かけた先に時々凪沙も顔を出し、陽が撮影している間二人はじゃれていたのだ。

だから陽の中では、二人は仲がいいという印象になっていた。

「毎回佳純ちゃんに突っかかられていたのに、なんで仲良かったって印象になるかなぁ」

「別に、喧嘩はしてなかっただろ？」

「まぁ喧嘩はしてないね。意趣返しみたいな感じで、僕が相手してあげてただけだし」

佳純は陽と二人きりになるのが好きだ。

逆に言えば、折角陽と二人きりになれている場所に第三者が現れてしまうと、それは邪魔者以外の何者でもない。

そのため、二人だけの時間を邪魔しに現れる凪沙のことを嫌がり、佳純はよく追い払おうとしていた。

その際に、凪沙によって返り討ちに遭い、結果、猫同士が喧嘩するかのようにじゃれあっていたのだ。

つまり、二人は仲がいいわけではなかった。

とはいえ、仲が悪いというわけでもない。

陽がいない場所では佳純が突っかかることもないので、そういう時は二人仲良く雑談したりもするのだから。

二人の仲が決定的に悪くなったのは、陽と佳純が決別してからだ。

「とりあえず、喧嘩をするのはやめてくれ」

凪沙と佳純の関係が誤算だったとはいえ、喧嘩さえしなければ陽も困らない。

だからそうお願いしたのだけど、凪沙はまるで馬鹿にするかのように鼻で笑った。

「僕にその気がなくても、佳純ちゃんから突っかかってくるじゃん」

「まぁ……そういう場合は、軽く流してくれると助かる」

凪沙の言いたいことが分かっている陽は、困ったように笑った。

とんでもスキルで異世界放浪メシ
Tondemo Skill de Isekai Hourou Meshi
TVアニメ好評放送中
テレビ東京ほか　毎週火曜24:00～
Prime Video／ひかりTV　毎週火曜23:45～独占配信
公式HP ▶ tondemoskill-anime.com　公式Twitter ▶ @tonsuki_anime
©江口連・オーバーラップ／MAPPA／とんでもスキル　※放送日時は予告無く変更になる可能性がございます。
導《みちび》かれ
オーバーラップ文庫&ノベルス
第9回オーバーラップ文庫大賞
金賞受賞3タイトル同時発売!!
ノベルス注目作
経験値貯蓄でのんびり傷心旅行6
～勇者と恋人に追放された戦士の無自覚ざまぁ～
著：徳川レモン　イラスト：riritto

オーバーラップ1月の新刊情報

発売日 2023年1月25日

オーバーラップ文庫

落ちこぼれから始める白銀の英雄譚1	著：鴨山兄助 イラスト：刀 彼方
かみつら1 ～島の禁忌を犯して恋をする、俺と彼女達の話～	著：北条新九郎 イラスト：トーチケイスケ
スペル＆ライフズ1 恋人が切り札の少年はシスコン姉妹を救うそうです	著：十利ハレ イラスト：たらこMAX
王立魔術学院の《魔王》教官Ⅱ	著：遠藤 遼 イラスト：茶ちえ
第七魔王子ジルバギアスの魔王傾国記Ⅱ	著：甘木智彬 イラスト：輝竜 司
負けヒロインと俺が付き合っていると周りから勘違いされ、幼馴染みと修羅場になった2	著：ネコクロ イラスト：piyopoyo

オーバーラップノベルス

経験値貯蓄でのんびり傷心旅行6 ～勇者と恋人に追放された戦士の無自覚ざまぁ～	著：徳川レモン イラスト：riritto
Lv2からチートだった元勇者候補のまったり異世界ライフ15	著：鬼ノ城ミヤ イラスト：片桐

オーバーラップノベルス*f*

二度と家には帰りません！⑥	著：みりぐらむ イラスト：ゆき哉

［最新情報はTwitter＆LINE公式アカウントをCHECK！］

@OVL_BUNKO　LINE オーバーラップで検索

2301 B/N

はっきり言って、凪沙から喧嘩を売ることはほとんどないだろう。

いつも二人が言い争う時は、佳純《かすみ》が突っかかっている。

そのため、凪沙が気をつけたところで元凶をどうにかしないと駄目なのだ。

しかし、凪沙が取り合わなければ佳純も喧嘩のしようがない。

だから陽は、凪沙が流してくれることを期待するしかない。

「リードはちゃんと摑《つか》んでおきなよ？」

「根本を犬みたいに言うなよ……」

「ある意味犬でしょ、あの子……」

凪沙からすれば、佳純は陽を飼い主とした犬に見えていた。

だから、飼い主である陽にちょっかいをかけると、ヤキモチを焼いて嚙《か》みついてくる。

他にも、威嚇してきたり、陽に甘えまくりだったりと、飼い犬のようにしか見えなかった。

「そういうことを言うから、機嫌が悪くなるんじゃないか？」

「まぁ、それは否定しないけど……それよりもいいの？　さっきからあの二人を自由にしてるけど」

凪沙はそう言って、ある方向を指さす。

するとそこには、佳純と真凛《まりん》がいた。

そしてなぜか、バチバチと静かに火花を飛ばしている。

「いつの間に……」

「佳純ちゃん、怒られる前に陽君から離れたみたいだね」

「それはいいが、なんであの二人無言で見つめ合ってるんだ……？」

早くも想定外の事態に、陽は頭が痛くなった。

そんな陽を置いておいて、佳純はゆっくりと口を開く。

「今日は仲良くしましょう」

「仲良く……本当にですか……？」

仲良くと言いながらも威圧感のある態度でいる佳純を前にし、真凛は警戒をせずにはいられなかった。

言葉だけで、本心は仲良くしたいようには見えないのだ。

「もちろん、本当よ。だって、仲良くしないと陽に約束を守ってもらえないもの」

「約束……？　それはなんですか？」

「秋実さんには関係のないことよ」

「………」

佳純の言葉を受け、真凛はイラッとした。

仲良くと言いつつも、煽《あお》ってきているようにしか思えない。

そのため、真凛は物言いたげな目で佳純を見る。

「理不尽な要求を葉桜《はざくら》君にしているのですね？」

「どうして理不尽なんて言われなければいけないのかしら。正当な権利によるものよ」

「本当でしょうか？　根本さんはずる賢い方ですからね」

以前衝突した時と同じように、真凛はわざと佳純が怒る言葉を選びながら笑みを浮かべた。

それにより、佳純はこめかみに怒りマークを浮かべながら笑顔を返す。

「褒めて頂いてありがとう。おかげさまで、陽《よう》とすっごくいい約束を交わしたわ」

「片方だけがいい思いをするような取引はよくないと思いますよ？　人間性を疑います」

「………………」

佳純と陽がどんな約束を交わしているのかはわからない。

しかし、陽が佳純を連れ出したということは、佳純からの何かしらの条件を陽が呑んでいることは想像に難《かた》くなかった。

そして、どうせロクでもないことを佳純が要求していると真凛は思ったのだ。

二人の表情は笑顔なのだけど、場の空気は息が詰まるほどに悪くなっている。

近くにいた人たちが何事かと二人を見るほどだ。

「――根本、約束が違うだろ？」

そんな中、真凛を背に庇《かば》うようにして陽が話に入ってきた。

佳純は、陽が真凛を庇うように立ったため不服そうな表情を浮かべる。

「別に、約束は破ってない」

「じゃあなんで喧嘩をしようとしてるんだよ？」

「してない、仲良くしようとしていただけ。ちゃんと私は秋実さんに、仲良くしましょうって言ったもの。会話だって笑顔でしてた」

確かに表面上を見れば、佳純は真凛と仲良くしようとしていた。

しかし、実際はそうじゃないというのは、見ていれば誰だってわかる。

「静かに敵意を向けておきながら何言ってるんだよ？」

「それは、秋実さんが変なことを言ってくるから……」

「誰だって、敵意を向けられたら警戒はするものだろ。どう見ても、仲良くしようとする奴《やつ》の態度じゃなかったぞ？」

「………………」

陽が真凛を庇うので、佳純は頰を小さく膨らませて視線を逸《そ》らした。

完全にいじけてしまっている。

逆に真凛は、嬉《うれ》しそうに陽の顔を見上げていた。

幼馴染《おさなな》《じ》みである佳純の味方ではなく、自分の味方をしてくれたことが嬉しいんだろう。

真凛は佳純に見えないよう気を付けながら、ソッと陽の服の袖を摘《つ》まんだ。

そのことに陽は気が付くが、反応すると佳純にバレてしまうので何事もないように口を開く。

「とりあえず、もうこれ以上揉《も》めないでくれ。今日はこれから香川に行くんだしな」

今日は香川県の観音寺《かんおんじ》市にある、天空の鳥居や銭形砂絵を見に行くことになっていた。

しかし、時間は夕陽《ゆうひ》の時間に被《かぶ》るように行こうと思っているため、途中にある丸亀《まるがめ》市を観光する予定だ。

移動は電車でするのだが、密閉した空間にこんな雰囲気を持ち込まれたくない。

だからここで佳純にしっかりと言い聞かせておきたかった。

「えこひいき……」

だけど、拗《す》ねている佳純には陽の言葉が届かないようだ。

真凛には何も言わず、自分ばかり注意されるのが気に入らないのだろう。

このままでは、電車の中でも真凛に突っかかりかねない。

（どうするかな……）

佳純の機嫌を直す方法は簡単だ。

頭を撫《な》でて甘やかせば、佳純の機嫌はたちまちよくなる。

しかし、それならなぜ陽が頭を撫でないかというと、現在真凛が見ているからだ。

ここで佳純の頭を撫でて甘やかした場合、真凛が不満を抱きかねない。

真凛が自分に懐いているということは、陽も理解しているのだ。

「――真凛ちゃんにちょっかいを出した君が悪いんだから、えこひいきでもないでしょ。何拗ねてるの？」

陽が考えていると、痺《しび》れを切らしたのか凪沙《なぎさ》も話に入ってきた。

だけどその目は、佳純に対して敵意を向けている。

「あなたには関係ないでしょ。部外者は黙っていてよ」

凪沙が声をかけてきたことで、佳純の矛先が凪沙へと向く。

するとと凪沙は、やれやれと言わんばかりに首を横に振った。

「今日は一緒に行動するんだから部外者ってわけにもいかないよ。そんなんだから陽君に怒られるんじゃない？」

「怒られてない、勝手なこと言わないで」

佳純は怒ったように凪沙を見た。

「注意も怒られるのも大して変わらないよ」

「全然違う」

「はぁ……まぁ、そのことはいいや。それよりも、誰がどう見ても佳純ちゃんが真凛ちゃんに絡んでいたから注意されたんでしょ？　それなのに拗ねるとか、相変わらずめんどくさいな」

その凪沙の言葉により、佳純は不機嫌そうに口を開いた。

「あなたこそ、喧嘩売ってきてるわよね？　陽に叱ってもらう」

「僕は君と違って陽君に叱られても気にしないけどね？　だって、どこかの誰かさんみたく依存なんてしてないんだから」

「………………」

凪沙の煽りにより、佳純の目が据わる。

それにより、慌てて陽が体を割り込ませた。

「なんで今度はこっちで喧嘩《けんか》が始まろうとしてるんだよ……」

「これは凪沙が喧嘩を売ってきた……！　凪沙が悪い……！」

陽にまた注意されると思った佳純は、凪沙のせいだと言う。

確かに凪沙が煽っていたので、陽も佳純を叱れない。

「凪沙、さっき頼んだばかりだろ？　なんで煽るんだ？」

「ん～、まぁごめん。ちょっと思うところがあってさ」

凪沙は、佳純と衝突した日のことをまだ引きずっていた。

だから、思わず煽ってしまうのだ。

しかし陽の手前、約束を守らないわけにもいかない。

凪沙も佳純や真凛と同じで陽に一目置いており、彼とだけは喧嘩するのを得策だとは思っていないからだ。

「頼むぞ、本当……凪沙まで喧嘩したら収拾がつかない」

「あはは、わかってるよ」

陽に頼まれて、凪沙は困ったように笑う。

本当にわかっているのかどうかは怪しいが、陽はそれ以上突《つっ》くことはしなかった。

そうしていると、佳純が嬉しそうに陽の腕に抱き着いてくる。

「えへへ……陽、ありがとう」

どうやら、味方してもらえたことが嬉しかったようだ。

クールな様子はなくなり、甘えん坊の一面が顔を出している。

陽は思わず佳純の頭に手を伸ばしそうになるが——何かに気が付き、ピタッと手を止めた。

「陽……？」

てっきり撫でてもらえると思った佳純は、物欲しそうな顔で陽を見上げる。

しかし陽は、別の方向を見ていた。

「…………」

そこには、不満そうな表情でジッと陽たちを見つめる真凛が立っていた。

いつもの笑顔は消え、プクッと頬を膨らませている。

どうやら拗ねているようだ。

「秋実《あきみ》、どうした？」

陽は佳純から離れ、真凛のもとへと行く。

すると、いじけた様子の真凛が陽から目を逸らした。

「べつに……」

そう言う真凛だが、まるで子供かのように拗ねている。

（いったん、放っておいたほうがいいか……？）

こうなった時の真凛《まりん》に対してどう接するのがいいかまだ理解していない陽は、いったん様子見をすることにした。

しかし現状、三人のうち誰か一人でも目を離せば喧嘩をしかねない状況だ。

起点は佳純《かすみ》なので、佳純から目を離さなければいいのかもしれないが、さすがにずっと目を離さないことは難しい。

だから陽は、先に凪沙と佳純の問題を完全に解決することにした。

「凪沙、佳純に思うところがあるっていったいなんだ？　俺が知らない間に、お前ら二人の間に何が起きた？」

とりあえず陽は、凪沙にそのことについて聞いてみる。

すると凪沙は、少し困ったように笑いながら頬を指で掻《か》いた。

「まぁ強いて言えば、君のせいじゃない？」

凪沙が答えると佳純がプイッとソッポを向いたので、どうやら言っていることは正しいようだ。

「なんでまた俺が原因になるんだよ……。俺は何もしてないだろ？」

「知らぬは本人ばかりってね。知ってる？　君と佳純ちゃんのあの夜から、毎晩毎晩佳純ちゃんが僕に電話をしてきてたのを」

「えっ、そうなのか？」

思わぬ情報が出てきて、陽は半ば無意識に佳純へと視線を向ける。

しかし佳純はこちらを向いておらず、噴水から出る水を眺めていた。

話に入るつもりはない、その意思表示のようだ。

「そうだよ。最初はよかったさ、ただ泣きついてくるだけだったからね」

「最初は……？」

「そう、酷《ひど》かったのは途中からだよ。この子なんて言ってきたと思う？」

「いや、知らないが……」

「僕が陽君のことをたぶらかしたせいだって言いだしたんだよ。猫耳キャラなのも、陽君が猫好きだったからなんでしょって」

「………」

凪沙の言葉を聞き、再度陽は佳純へと視線を向ける。

すると、先程まで噴水を眺めていたはずの佳純は、両腕を組みながら目を閉じていた。

どうやら立ったまま寝始めたらしい。

「――いや、白々しいぞ。その態度、自分が悪いってわかってるな？」

この数秒で寝られるはずがなく、先程まではかいていなかったはずの汗が少し佳純の顔を伝っている。

ましてや閉じられたまぶたはピクピクと痙攣《けいれん》しており、誰がどう見ても寝たふりなのは明らかだった。

「別に、私は悪くない」

逃げきれないと判断したのか、目を開けた佳純は自分が悪くないと主張をし始めた。

しかし――。

「だったら俺の目を見て言えよ。何あからさまに目を背けながら嘘《うそ》ついてんだ」

当然、そんな言葉がこの状況で通じるはずがない。

「……知らない」

「知らないって言えば許してもらえると思うなよ？　凪沙がここまで怒るってことは、もっと酷いこと言ってるんじゃないのか？」

「まぁ怒鳴り散らされたし、結構酷い八つ当たりはされたね」

そう言う凪沙の訴えを受け、陽《よう》は再度佳純の目を見る。

すると、佳純がかいている汗はダラダラと大量のものになった。

居心地悪そうにソワソワし、どこかに逃げ場がないか探し始めている。

そうしてキョロキョロとしていると、真凛と目が合ってしまった。

「…………」

佳純は慌てて目を逸らすものの、真凛は何か思うところがあったのか、ゆっくりと近付いてくる。

そして――。

「まぁまぁ、いいではないですか。過去のことをあまり掘り返しても、いいことにはなりませんよ」

意外にも、真凛は佳純の味方をした。

普段の真凛なら、誰にでも優しいので佳純が困っていたら助けることもあっただろう。

しかし、先程まで佳純に対して怒っていたにもかかわらず、味方をするとは思わなかった。

だから佳純と凪沙は驚いたように真凛の顔を見つめる。

だけど――真凛は、別に佳純の味方なんてしていなかった。

「あ、秋実……？」

普段一緒にいることにより、今の真凛が何か変だということを陽は早々に察した。

そんな陽に対して真凛はニコッと笑みを浮かべ、その後佳純に視線を戻した。

「ねぇ、根本《ねもと》さん」

「な、何？」

「とりあえず、ごめんなさいをしましょう」

「ど、どうして？」

「過去に犯したことはどうあがいても取り消せません。しかし、償うことはできます。相手を傷つけてしまっているのなら、謝りましょう。まずはそれからです」

「………」

真凛に謝るよう促された佳純は、凄《すご》く嫌そうな顔をした。

そして凪沙のことを一瞥《いちべつ》するが、すぐにプイッとそっぽを向いてしまう。

どうやら謝りたくないらしい。

「相手を傷つけてしまったらごめんなさいをする。それは当たり前のことなのですよ？」

佳純が謝罪を拒否したため、真凛は子供に言い聞かせるように優しい声で佳純を諭そうとする。

その声を聞いた陽と凪沙《なぎさ》は、真凛が佳純を子供扱いしてるんじゃないかと思った。

陽は何か嫌な予感がし、止めようかと体を動かす。

しかし、凪沙が陽の服を引っ張ることでその行動を止めた。

目が合うと、凪沙はアイコンタクトで『真凛ちゃんの好きにさせてみよう』、と言っているように感じた。

おそらく凪沙は、真凛が佳純に寄り添おうとしているのだと思ったのだろう。

陽は真凛の雰囲気に違和感を抱いているものの、自分の勘と凪沙の勘のどちらを信じるか迷ってしまう。

そして、凪沙の勘を信じることにした。

「それを言うなら私だって傷つけられたわ」

「と言いますと？」

「私のことを重すぎるとか、依存のしすぎとか、そんなんだから避けられるんだって」

「…………」

佳純の訴えを聞き、真凛は一瞬だけピクッと体を反応させた後、無言で凪沙へと視線を移した。

すると、凪沙はそれが事実だと言うかのようにコクリと頷《うなず》いた。

それを受け、再度真凛は佳純に向き直る。

そして――。

「事実は、きちんと受け止めましょう」

――ニコッと、とてもかわいらしい笑みを浮かべてそう返した。

「なんでよ!?」

笑顔で言ってきた真凛に対し、佳純は面喰《めんく》らったようにツッコミを入れてしまう。

それだけ真凛の一言は予想外だったのだ。

しかし、それ以上に動揺をしていたのは陽と凪沙だった。

「ね、ねぇ、陽君……なんだか真凛ちゃん怒ってない……?」

「見ればわかるだろ、激おこだよ」

陽はやはり止めるべきだった、と後悔する。

「いや、見ればって……笑顔だよ……?」

「この世には、笑顔でぶちぎれる奴《やつ》もいるんだよ。そしてそういう奴に限って怒らせると怖い」

顔を寄せ合い、ヒソヒソと話し合う陽と凪沙。

先程真凛が言った言葉は暗に佳純を突き放していた。

それどころか、まるで責めるような一言だったのだ。

そしてそれは、他人想《おも》いの真凛からするとありえない言葉選びだった。

だから陽たちの間では、真凛が怒っているという結論に至ったのだ。

しかし――。

「何か？」

ヒソヒソ話をしていたことで、真凛の笑顔の矛先が陽たちに向いてしまった。

察しのいい真凛には、二人が話している内容が自分のことだとすぐにわかったのだ。

今の真凛は触るな危険状態だと理解した二人は、慌てたように首を横に振り無実を主張する。

すると、真凛は溜息《ためいき》を吐《つ》きながら視線を佳純へと戻して口を開いた。

「私、こう見えても今日の旅行楽しみにしていたんです。電車内でもみんなで遊べるように準備もしてきたんですよ。それなのに……台無しです」

笑顔で発せられたとても優しい声。

しかしその声を聞いた陽たち三人は、今まで見たこともない得体のしれないものを見るような目で真凛の顔を見ていた。

「――っ」

笑顔で真凛に見つめられている佳純はダラダラと汗を流し、半ば無意識にギュッと陽の服の袖を指で摘《つ》まんだ。

佳純は普段強がっているだけで実際は小心者である。

だから一度受けに回ってしまうと脆《もろ》く、そうなってしまえば必然、陽に頼ってしまっていた。

しかし、その態度がより真凜の神経を逆撫《さかな》でする。

「そうやってすぐに、よ――葉桜《はざくら》君を頼られるから、依存のしすぎだと言われてしまうのではないですか？」

真凜は陽の服の袖を摘まむ佳純の手に視線を向けながら、聞き心地のいい優しい声でそう言ってきた。

だけど、かわいらしい笑顔のはずなのに、なぜか空気は張り詰めている。

「べ、別に、そんなこと秋実《あきみ》さんに言われる筋合いないし……」

「いえ、依存してないなどと否定をされるのであれば、今根本さんがされている行動はおかしいと思います」

「こ、これは、私たちが幼馴染《おさなな》《じ》みだから……！　だから、仲良くしていてもおかしくない……！」

真凜に指摘をされ、佳純は完全に的外れな答えを返してしまった。

それどころか、この場においては避けたほうがいい話題を出し、凪沙は絶望したような表情になる。

そして陽も、真凜の様子が更におかしくなる気配を感じた。

そんな陽に対し、真凜《まりん》はニコッと笑みを向けてきた。

「ごめんなさい、葉桜君。私、今日の旅行にはついていきません」

そう言った真凜は、すぐに陽たちに背を向けて駅のほうに歩き始めた。

佳純《かすみ》といるのが嫌になったのだろう。

「秋実、待ってくれ」

陽は真凜を止めようと声をかけるが、真凜は振り返ることすらしない。

それにより、完全に拒絶されているのがわかった。

「凪沙、佳純のことを頼む」

さすがにこのままにはできないと思った陽は、真凜の後をすぐに追った。

「あっ……！　よ、陽、待って……！」

陽が走り出すと、佳純も慌てて後を追おうとする。

しかし、その手を凪沙が摑《つか》んで止めた。

「待ちなよ、君が行っても状況が悪化するだけだ」

「でも……！」

「ここは我慢しなよ。これ以上揉《も》めたら、陽君はもう佳純ちゃんの相手をしてくれなくなるよ？」

「――っ」

陽に見捨てられる。

そう思った佳純は、足を止めて力なく俯《うつむ》いてしまった。

（失敗したな……僕が判断を誤ったせいだ……。陽君になんて謝ろう……）

陽が動こうとした時に止めなければ、おそらく真凛が帰るような事態にはならなかっただろう。

その上、自分も佳純と言い合いをして真凛に嫌な思いをさせてしまっている。

今回の失態は陽に怒られても仕方がないものだった。

「とりあえず、陽君が真凛ちゃんを連れて帰ってきたら謝ろう」

「帰ってくるかしら……？」

「う～ん……」

凪沙はこの後、陽がどういう行動を取るかを考えてみる。

「まぁ、おそらく帰ってこないだろうね……」

「がーん……！」

「だって、このまま真凛ちゃんを連れて帰ってきたとしても、彼女の気持ちが収まらないでしょ？　だったら、二人だけでどこかに行って気持ちを切り替えさせるんじゃないかなって」

「…………」

「こっそり付いて行こうなんて考えたら駄目だよ？」

陽と真凛が二人きりでどこかに行こうとすると知った佳純の表情が変わったので、凪沙はすぐに釘《くぎ》を刺した。

恋敵と陽《よう》を二人きりにさせたくない気持ちは凪沙にもわかるけれど、ここで佳純が邪魔をしにいけば完全に陽を怒らせてしまう。

そうなれば、いくら佳純でももう元の関係には戻れないと凪沙は判断したのだ。

「でも、二人きりにしたくない……」

佳純はいじけながらも焦っているような表情でそう返してきた。

その表情を見た凪沙は思わず溜息を吐いてしまう。

（ここは自分のことを棚に上げてでも、佳純ちゃんをどうにかするべきか……。陽君が僕に佳純ちゃんを任せたってことは、こっちで解決してくれってことだろうし……）

「そうは言っても、仕方ないよ。そもそもこの状況は自業自得でしょ？　君、陽君と何かしらの取引をして今日来たんじゃないの？」

凪沙は佳純に比べて陽との付き合いは短いが、それでも陽がどういう人間かは理解していた。

陽はやる気がなく無責任な男に見えるが、実は打算的で計算が高く――そして、お気に入りのためなら無茶なことでも平気でやってのける男だと凪沙は思っている。

そんな陽が、何も用意をせずに犬の前に猿を連れ出すはずがない、というのが凪沙の読みだ。

「うるさい」

凪沙に指摘された佳純は、機嫌が悪そうに目を逸《そ》らした。

その態度で図星だと確信した凪沙は、更に踏み込むことにする。

「わざわざそんな格好までしてきたのにね。その格好、本当は陽君のためじゃなく真凛ちゃんのためにしてきたんでしょ？」

「何、秋実さんに怒られたのにまだやる気？」

凪沙が佳純の秘書のような格好について触れると、佳純は凄《すご》く不機嫌そうな目を凪沙へと向けてきた。

「別にそんなつもりはないよ。ただ、君はもう少し素直になればいいのに」

「うるさい、私の勝手」

「それで誰にも迷惑をかけてないんだったらいいけどさ、現に真凛ちゃんを怒らせて陽君に迷惑をかけているわけじゃないか」

凪沙が視線を陽たちがいなくなったほうに向けながら言うと、佳純はグッと堪《こら》えるように言葉を呑《の》みこんだ。

自分のせいでこんなことになっていると自覚をしているらしい。

佳純は陽のこととなると見境がなくなるだけで、馬鹿でも悪い子でもないのだ。

「顔出し、してあげるつもりなんでしょ？　だからなるべく顔バレしないように変装してきたんだよね？　それに、童顔の真凛ちゃんがロリ好き層を取るだろうから、大人っぽい女性が好きな人向けに秘書の格好をしたってところかな？」

「相変わらず凪沙《なぎさ》って気持ち悪い」

「図星ってわけだね」

相変わらずなんでもわかっているふうな凪沙に対して佳純がジト目を向けると、凪沙は笑顔でその視線を受け止めた。

「なんでこんなのと友達でいるのよ、陽は……」

「君と違って僕は人がいいからじゃないかな？」

「どの口が言うの、どの口が」

自身の性格が悪いことを自覚している佳純ではあるが、それでも凪沙と比べれば自分なんてかわいいほうだと思っている。

おそらく総合的に見れば、凪沙の性格の悪さは今日いたメンバーの中では断トツだからだ。

特に人の秘密を暴くことが大好きなところが本当に性質《たち》が悪く、過去に色々と暴かれて陽に泣きつくことになった佳純は、今でもそのことを根に持っている。

「まぁ話を戻すけど、否定しないってことは、僕の推測はあっていたようだね」

凪沙の言う通り、今日佳純が秘書の格好をしてきたのは、動画撮影のためだった。

佳純は真凛に対して酷《ひど》いことをしたと思っていたので、念願のにゃ～さんのチャンネルも作れるということもあり、全面的に協力をするつもりで準備をしてきたのだ。

――それと、うまくいけば陽が褒めて甘やかしてくれると期待しているのもある。

「それなのになんで、ちょっと真凛ちゃんが陽君に擦り寄ったくらいで目くじら立てるかなぁ。折角準備していたことを無駄にして、ここで陽君を怒らせたらいろんなことがパーでしょ？」

「いちいちうるさいわね……そんなのわかってるわよ」

自分が悪いとわかっている佳純は、嫌そうに凪沙を見る。

凪沙も佳純が反省しているのはわかっているので、溜息を吐きながら言葉を続けた。

「だったらやめればいいのに」

「うるさい、小言ばかり言ってると友達いなくなるわよ？」

「大丈夫、元々陽君と真凛ちゃんしかいないから」

「…………」

それは大丈夫というのか、と疑問を抱きながら佳純は凪沙に白い目を向ける。

しかし、凪沙は特に気にした様子はなかった。

「一応、これは忠告だよ。陽君にとってまず間違いなく君は一番大切な存在だ。今だって彼は君のためにこの場を設けていたんだしね」

「…………」

「でも、君が誰かに突っかかることばかりしてたら、また前みたいに拒絶されるようになっちゃうよ？　陽君だって聖人じゃないんだから」

先程までは若干ふざけ気味に話していた凪沙だが、この言葉を言った時の表情は真剣なものだった。

正直、凪沙は数年前から佳純に呆《あき》れている。

知り合った頃の凪沙から見ても、陽と佳純が付き合うのは秒読みのように思えていた。

いや、むしろ既に付き合っているのではないかと思っていたくらいだ。

それくらい二人の仲はとてもよかった。

佳純が陽のことを好きなのは明らかだったけれど、陽も陽で何かと佳純のことを第一に考えて動いていたので、佳純のことを大切にしているのは明らかだったのだ。

しかし、そんな二人の関係は陽に依存し過ぎるようになった佳純のせいで終わってしまった。

陽は佳純にしか興味を持っていなかったのだから他の女の子が関わってきても小言で済ませればよかったのに、佳純が異常に拒絶反応を示して陽の行動などをかなり縛るようになったからだ。

(とはいっても、陽君も陽君なんだけどね。散々佳純ちゃんの我儘《わがまま》を許して甘やかし続けた上に、束縛を嫌に思ってることを微塵《みじん》も顔に出さなかったんだもん。佳純ちゃんが好き放題やってたのはそういうところもあると思うんだよね。まぁ、陽君の我慢強さが災いしたというか……)

佳純が悪いというのはもちろんなのだけど、陽にも非があったと凪沙は思っている。

だから、余計なお節介だと思いつつも小言を言わずにはいられないのだ。

さすがにどれだけ佳純が陽のことを好きか理解しているだけあって、今の佳純はとても不憫《ふびん》に見えてしまうから。

「陽は、同じ過ちを二度もしない……」

佳純は凪沙の言葉に対して、小さく呟《つぶや》くようにそう返してきた。

その態度からは自信がないように見え、まるで自分に言い聞かせているようにも見えてしまう。

「でも陽君だって人間だ。酷いことばかりしてる子とは付き合っていけないと思うよ？」

「……さっきから、何が言いたいのよ……？」

「言わなくても本当はわかってるんでしょ？　変な敵対心は持たずにちゃんと真凛ちゃんと向き合いなよ。陽君が僕まで無理矢理連れ出し、修羅場になるとわかっていながらも真凛ちゃんと佳純ちゃんの仲を取り持とうとしてるのは、真凛ちゃんなら佳純ちゃんが困った時に力になってくれると思ってるからでしょ？」

陽が真凛のことを凄く買っていることを凪沙は知っている。

それは女の子としてというよりも、人間性でだ。

だから陽は佳純に何かあった時のために佳純と同性であり、真剣に力になってくれそうな真凛に佳純の傍《そば》にいてほしいと考えていた。

陽は口では佳純が怒らないように一緒に行動させる、と言っているが、それはただの照れ隠しだと凪沙は思っている。

そうでなければ、陽の性格的に真凛《まりん》に辛《つら》い思いをさせてまで佳純《かすみ》を同席させるわけがないからだ。

(まぁ、本当は僕を仲介役にして、仲良しグループが出来ることを期待してたんだろうけど……逆に修羅場にしてしまったからなぁ。……うん、絶対怒られるから後でちゃんと謝っておこ……)

黙りこんで複雑そうな表情をする佳純の顔を見つめながら、凪沙はソッと心の中でそう決めた。

「でも、あんなに怒らせた後じゃあもう……」

普段怒らない人間が怒るととても怖い。

それを身をもって体感した佳純は、今更真凛と仲良くできるとは思えなかった。

正直話しかける勇気もないほどだ。

佳純は、クールを装っているだけで実は臆病者なのだから。

「僕も真凛ちゃんと知り合ったばかりだから全部を理解できているわけじゃないけど、陽君が真凛ちゃんのことを諦めていないのがまだ手遅れじゃないという証拠でしょ？　彼は無駄なことをしない男だからね」

凪沙はあえて陽のことを話に持ち出す。

陽のことを妄信していると言っても過言じゃない佳純は、陽が取る行動や発言にはかなりの信頼を置く。

もちろん全てに――というわけではないが、特に自分のために動いてくれている場合は全幅の信頼を置いていた。

そのことを凪沙は理解しているからこそ、佳純の気持ちが切れないよう繋《つな》げるために陽のことを持ち出したのだ。

「そうだけど……でも、女って相手によって態度を変える生き物だし……」

「それは君――いや、なんでもない」

思わずツッコミを入れようとした凪沙だが、佳純の目が鋭くなったので慌てて言葉を呑み込んだ。

「秋実《あきみ》さんだって陽が相手だと優しい態度を取るけど、私と話したらまたきっと怒る」

佳純は最後まで陽に対して笑顔を向けていた真凛の表情を思い返す。

あれはきっと、陽に嫌な奴《やつ》だと思われたくなくて強がっていたのだ。

その笑顔を自分に向けてくれる保証なんてないと佳純は思っていた。

「本当に君は臆病だね。大丈夫だよ、もしそうなりそうなら僕と陽君が話題を逸らしてあげるから」

「…………怒ってたんじゃないの？」

凪沙から思わぬ一言が飛び出し、佳純は驚いたように凪沙に視線を戻した。

逆に凪沙は、若干照れ臭そうに噴水へと視線を逃がしながら口を開く。

「別に、そうしないと陽君に怒られるから仕方なくだけどね。……まぁ、真凛ちゃんを怒らせたのは僕のせいでもあったし」

「凪沙って前から思ってたけど、実は素の時って結構ツンデレよね？」

「君さ!?　今仲直りしようとしていた雰囲気だったのに、どうしてそう争いの種を生むかな!?」

純粋に思ったことを佳純が口にすると、凪沙は大声をあげてしまった。

頭に血が上っているのか顔は若干赤い。

どうやら照れているようだ。

「私は事実を言っただけなのに……」

「事実だからってなんでもかんでも言っていいと思わないでよ!?　いや、事実じゃないけどね！」

凪沙は顔を赤くしながら怒ってしまう。

それに対して佳純は困ったように視線を彷徨《さまよ》わせた。

「えっと……ごめん……」

そして珍しくも素直に謝ってきた。

おそらく真凛の一件でだいぶ精神的に参っているのだろう。

凪沙にはそんな佳純がまるで子供かのように幼く見え、思わず胸が熱くなる。

「まぁ、謝られるほどのことじゃないし……僕になんかより、真凛ちゃんが戻ってきたらちゃんと謝りなよ？」

凪沙は意図的に優しい声を出し、そう佳純に促した。

「んっ……」

それにより佳純は小さく頷《うなず》き、なんとかこの場は収まったのだった。

（さて、後は任せたよ、陽《よう》君）

AVL

「——秋実、待ってくれ」

佳純たちと別れて真凛を追いかけた陽は、改札口を目指してエスカレーターに乗ろうとしていた真凛を引き留めた。

すると、真凛は拗《す》ねたような目で陽を見上げてくる。

「私のことはもう放っておいてください」

「そういうわけにもいかない。根本《ねもと》の件に関しては悪かった、謝るよ。俺たちが無神経すぎた」

真凛が何に怒っているのか大体予想が付いている陽は、素直に謝った。

しかし、真凛の怒りは収まらない。

「私、やっぱり根本さんと仲良くなんてできません」

（かなり怒ってるな……）

プイッとソッポを向いた真凛を見つめながら、陽は内心焦りを抱く。

「どうしてもか？」

「どうしてもです。そもそも、根本さんは私に酷《ひど》いことをしたのですから、仲良くできるはずがありません。それなのに、陽君は……そんなにも、幼馴染《おさななじ》みが大切ですか？」

真凜は、佳純の幼馴染みアピールを気にしているのだろう。

彼女が帰ろうとしているのも、それが一番の原因なのかもしれない。

「幼馴染みとかは関係ないよ。それに、俺が一番優先しているのは秋実のことだ」

「本当ですか……？」

陽が優しい声を意識して言うと、真凜は期待したような目で見上げてきた。

怒りをあらわにしている分、素直になっているのかもしれない。

「本当だよ。とりあえず今日は、二人でどこか行くか？」

「とりあえず……」

陽の言葉に引っ掛かりを覚える真凜だが、俯《うつむ》いて考え始める。

そして、コクッと小さく頷いた。

それにより陽はスマホを取り出し、佳純と凪沙《なぎさ》にそれぞれメッセージを送る。

どちらも既読にならないので、おそらく二人は今、話をしているのだろう。

「行きたいところはあるか？」

「静かなところ……自然に囲まれた場所がいいです」

真凜はそこで気持ちを落ち着かせたいのだろう。

陽は頷き、スマホで検索を始めた。

「滝でも見に行くか」

「滝……いいですね。私、生で見たことがないです」

二人だけで行動できるようになったからか、真凜の表情にはもう不満な色がなくなっている。

だから陽は内心安堵《あんど》して、切符を買いに向かった。

そして二人はホームで電車が来るのを待ち、十数分ほど経って来た電車に乗った。

「窓際の席どうぞ」

空いてる二人席のところまで行くと、真凜が笑顔で陽に先に座るよう促してきた。

陽が景色を好きだというのはわかっているので、窓際を譲ろうとしているんだろう。

「いや、秋実が座ればいい」

「えっ、ですが……」

「さすがに電車の席一つで文句を言ったりはしない。だから遠慮するなよ」

「あっ……」

仕方なさそうに陽が笑うと、真凜はほんのりと頬を赤く染めて髪を弄《いじ》り始める。

悩んだ末、窓際の席に座ることにした。

「乗り換えがスムーズにできたとしても、大体最寄り駅に着くまで一時間くらいはかかるな……。少ししんどいかもしれないけど、我慢してくれ」

「もちろん、大丈夫です。むしろ、それは……」

真凜はそこで言葉を止め、嬉《うれ》しそうに陽の顔を見上げる。

すると、キョトンとした表情の陽と目が合い、カァーッと顔を赤くしながら俯いてしまった。

そんな真凛を見て陽は不思議そうに首を傾《かし》げるけれど、特に嫌な感じはしないので放っておくことにした。

「今から行くところには、陽君は行ったことがあるんですか？」

「『神庭《かんば》の滝《たき》』は一度だけ行ったことがあるな」

「もしかして、岡山の観光スポットは全て行ったことがあるのでしょうか？」

真凛は興味深そうに陽の顔を見てくる。

いろいろ綺麗《きれい》な景色を知っているし、今回香川県という県外に行こうとしていたのでそう思ったようだ。

「いや、さすがにそれはないな。ただ……有名な絶景スポットは、あらかた行ってると思う」

「凄《すご》い……本当に、そういう綺麗な景色がお好きなんですね」

そう言う真凛は嬉しそうに笑みを浮かべている。

陽のことを知れて嬉しいのか、単純に同じ趣味の人間が嬉しいのか。

陽には判断が付かないけれど、とりあえず真凛の機嫌は良くなっているので、どちらでもかまわなかった。

「そういえば、神庭《かんば》の滝《たき》って純陽《じゅんよう》チャンネルさんの動画にもあるんですよ、知っていましたか？」

電車に揺られる中、ふと思い出したかのように真凛《まりん》が話しかけてきた。

「知っているよ。というか、本当に秋実はそのチャンネルのことが好きなんだな。その動画なんて、もう三年くらい前のものだろ？」

「はい、大好きなので過去動画も沢山漁《あさ》っています」

陽の質問に対してかわいらしく笑って答える真凛。

その笑顔に陽は胸がズキッと痛くなった。

「こういうことを聖地巡礼って言うのですかね？」

「いや、どうだろ……？　違うと思うけどな……」

漫画やアニメなどで使われた舞台に行くことを聖地巡礼というが、動画で撮影された場所に対してそれが当てはまるのか陽にはわからない。

単純に、観光スポットに行った、というだけの話ではないだろうか。

「そうですか、残念です……」

陽の答えを聞いた真凛は悲しそうに目を伏せてしまう。

そんな真凛を見て、すぐに陽は口を開いた。

「残念がることでもないだろ？　純陽チャンネルの二人がその場で撮影したのは間違いないんだから、同じ場所に来たんだって考えれば」

「あっ……それはそうですね。ふふ、やっぱり陽君はお優しいです」

「いや、なんで優しいになるんだよ……？」

再び笑顔になった真凛だが、陽はなんで自分が褒められるのかわからなかった。

普段ならここで少し釘《くぎ》を刺すのだが、今日は真凛の機嫌を損ねないのが第一なのでそれ以上は何も言わない。

「――って、あれ……？　純陽チャンネルさんって、二人組なのですか？　人数は公開されてなかったと思うのですが……」

話していてふと気になったのだろう。

確かに陽は二人組と決めつけて言っていたので、公開されていない人数に対して真凛が疑問に思うのは無理もなかった。

陽はしまった――と思いつつも、素っ気ない態度で口を開く。

「前ネットの何かで見たんだよ。だから、本当かどうかわからない」

「あっ、なるほど……」

ネットで見たと聞いた真凛は、特に疑問を抱かなかったようだ。

「陽君も純陽チャンネルのファンと言っていましたもんね。お調べになる気持ちはよくわかります。私も、検索したりして調べていますからね。ただ……純陽チャンネルさんが出している情報以外を、鵜呑《うの》みにするのは危ないと思います」

陽が『二人組』と言い切ったことで、真凛は陽がネットの情報を信じていると思ったようだ。

一応、『本当かどうかわからない』、とは言っているのだが、その部分は気にされていいないらしい。

まさか純朴な真凛にこの手のことで注意される日が来るなんて思わなかった。

陽は苦笑いをしながら、自分の失言を心底後悔してしまう。

――そんな話をしていると、陽のスマホに通知音が入った。

真凛もその音に反応するけれど、何事もなかったかのように窓の外に視線を逃がす。

誰からメッセージが来たのかわかっているのだろう。

『おっけー、じゃあこっちは好きにしておくよ』

『わかった』

陽がチャットアプリを開くと、凪沙と佳純《かすみ》、それぞれ個別にメッセージが来ていた。

凪沙の反応は予想通りだったけれど、佳純の反応は意外だった。

てっきり文句を言って来たり、場所を聞き出そうとしてきたりすると思っていたのに、随分と聞き分けのいい返事だ。

(凪沙がうまくやってくれたか……)

陽はそう安堵し、もしかしたら明日、香川に行くかもしれない旨だけを伝え、スマホをポケットにしまった。

すると、チラッと真凛が陽の顔を盗み見てくる。

やはり内容は気になるようだ。

陽は触れるのが正解なのか、触れないのが正解なのかを考える。

そして、このまま誤魔化されると真凛が気になってしまうだろうな、と思い正直に話すことにした。

「二人には別行動の旨を伝えているんだ。だから、それに対する了承の返事があった」

「怒ってないんですか……？　ほら、根本さんとか……」

「意外に思うだろうけど、『わかった』の四文字だったよ。自分が悪かったと反省しているんだ」

そう伝えることで、真凛の中で少しでも佳純の印象が良くなるようにしようとする。

そのせいか、真凛はバツが悪そうに笑みを浮かべた。

「ごめんなさい、空気を乱してしまって……。あんなことで帰ろうとするなんて、おとなげなかったですね……」

「いや、あれは俺と根本、それに凪沙が悪かった。秋実《あきみ》は何も悪くないんだから気にしなくていい」

真凛に謝ってもらいたいわけではない陽《よう》は、すぐにフォローをした。

真凛のこういうところが陽は苦手なのだ。

いい子ちゃんである真凛は、自分が悪くなくても自分のせいにしてしまう。

まだ、悪びれようとしない凪沙や佳純のほうが陽にとってはやりやすい。

なんせ、そういう奴等《やつら》には叱ればいいのだから。

だけど、悪くないのに自分が悪いと思い込むような子は手がかかる。

悪くないと言っても聞かないので、慰め方が難しいのだ。

「でも……」

「もうさっきのことは忘れるんだ。秋実は悪くない、それが事実だしな」

このまま話していても真凜が引きずるだけだとわかっている陽は、そこで話を終わらせる。

それにより真凜も困ったような表情を浮かべ、視線を窓の外へと逃がした。

これ以上はしつこいと言われると思ったのだろう。

このまま黙ると数十分の間気まずい時間になってしまうと思った陽は、困ったように頬を指で掻《か》く。

「優しいのはいいことだと思うけど、なんでもかんでも自分のせいだと思う必要はないからな？」

「…………」

陽の言葉を聞いた真凜は、チラッと陽の顔色を窺《うかが》う。

そして、なぜか陽の服の袖を指で摘《つ》まんできた。

「どうした？」

「別に、なんでもありません……」

なんでもないのにどうして服の袖を摘まんできているのか。

陽はそう疑問を持つけれど、誤魔化したということは聞いてほしくないのだろう。

だから特に触れることはなく別の話題を振る。

「そういえば、今日は虫よけスプレーを持って来ているのか？」

「はい、もちろんです。元々の予定も山に登ることになっていましたからね」

そう言って真凛はポーチから虫よけスプレーを取り出す。

こういう準備の良さはさすがだ。

「今向かってるところも山の中だから、電車を降りたらしておくといい」

「そうですね、わかりました」

「あと、今更だけど猿って平気か？」

「お猿さんですか？　大きいと怖いですが、小猿さんなら……」

「そうか……」

陽は困ったように真凛から視線を逸《そ》らした。

だけど、当然目ざとい真凛はその仕草を見逃さない。

「もしかして、お猿さんがいらっしゃるのですか？」

「まぁ、な」

「ふふ、大丈夫ですよ。さすがにお猿さんがいたくらいでは驚きませんから」

先程は小猿なら大丈夫と言った真凛だけど、普通の猿でも陽がいるなら平気だと考えていた。

しかし、陽は再度困ったように真凛から視線を外す。

「まぁ、平気ならいい。ちょっと驚くかもなって程度だから」

「陽君は心配性ですね。私はそんな臆病ではないですよ」

陽が自分のことを心配してくれていると思って嬉《うれ》しかったのだろう。

真凛はご機嫌な様子で笑っていた。

それからは他愛もない雑談をしながら津山駅で電車を乗り換え、目的地の最寄り駅である中国勝山駅を目指した。

その駅にはタクシーが停《と》まっており、陽たちはバスではなくタクシーで神庭《かんば》の滝《たき》を目指す。

「いつもタクシーで……お金は大丈夫なのでしょうか……？」

タクシーで移動する中、真凛は運転手に聞こえないよう小声で陽へと尋ねる。

「まぁ、正直早く車を運転できるようになりたいよな。岡山は車がないと移動が不便だ」

「いえ、バスで行くという手もあるのでは……？」

タクシーよりはバスのほうが安くつくだろう。

だから真凛はそう提案したのだけど――。

「今回の場所だと、バス停を降りてから二キロ以上歩かないといけないらしいんだ。元気があればいいが、今日はやめておいた」

バス停から歩いて行くなら、歩くのが速い人で四十分くらいで行けるかもしれないが、大体五十分くらいは見ておいたほうがいい距離だ。

ましてや、道中には上り坂もある。

運動を苦手とする真凛にはきついものになるだろう。

だから陽はタクシーを選択したのだ。

そんなふうに雑談しながら十数分経《た》つと——陽たちは、神庭《かんば》の滝《たき》がある山に着いた。

タクシーで行けるのは途中までで、ここからは歩いて滝を目指さないといけない。

とはいっても、ほんの少し坂になっている遊歩道を歩いていくだけなので、そこまで距離はないだろう。

「あっ、もうここまで水が流れてきているのですね」

真凛は遊歩道にある渓谷を見て、嬉しそうに笑みを浮かべる。

滝から流れている水でできた川は、街中では見えない自然そのものだ。

だから嬉しいのかもしれない。

「落ちないようにな」

「もう、こんなところで落ちたりしませんよ……！」

陽が川側に回り込むと、真凛は拗《す》ねた表情を浮かべた。

川を見るために、崖になっている部分から滑って落ちないか陽は懸念したのだけど、真凛はそんなことにはならないと思っているようだ。

しかし、ドジな真凛のことだ。

なるべく警戒しておくに越したことはない。

「気をつけておいたほうがいいからな。不快にさせたなら謝るよ」

「あっ……別に、子供扱いされたわけではないのでしたら、いいのですが……」

「子供じゃなくても危ないからな」

「そうですか、ありがとうございます……ふふ」

陽が子供扱いしているわけではないとわかると、真凛《まりん》はお礼を言ってきた。

その後笑ったのは、嬉しく感じたのだろう。

陽が自分のことを気遣ってくれるのを、やっぱり真凛は喜んでいるようだ。

「――あれ、滝ってここにもあるのですか？」

道中、『玉垂の滝』と書かれた板を見て、真凛は首を傾《かし》げた。

真凛のイメージでは、勢いよく高いところから水が落ちてくるのが滝というのだと思っていたのだけど、そういうものは見当たらない。

すると、陽は岩が飛び出して若干洞穴みたいになっている崖を指さした。

「あそこだな。横に広がってる崖部分から水滴がポツポツと落ちているところを、滝といってるんだろ。説明書きにも『年中たえることなく落ちる水滴は、水晶の玉を連ねた姿を思わせて』と書かれているし」

説明書きはまだ続いているけれど、真凛からも見えるので陽は後半を読まなかった。

「確かに、まるで雨が降った後かのように水滴が沢山落ちてますね」

「なんか、水滴のカーテンみたいだよな」

玉垂の滝を見つめながら、陽はそう表した。

横に広がりながら無数の水滴が落ちているため、そう思ったのだろう。

実際はところどころ水滴が落ちていないところがあるので、カーテンのように綺麗《きれい》に横一杯に広がっているわけではないが、真凛もそう思えなくはなかった。

「やっぱり自然って素敵ですよね」

「ほんと、そう思うよ」

真凛が自分と同じ価値観を持っているのが嬉しかったのか、珍しく陽が笑みを浮かべて頷《うなず》いた。

その笑顔を見た真凛は頬を赤く染め、少し困ったように視線を逸らす。

二人はそのまま歩いて行くと、今度は料金所が見えた。

「ちょっとお金を払ってくる」

「あっ、私も……」

陽が一人でお金を払いに行こうとするので、真凛は自分で払うために後を付いて行こうとする。

しかし、それを陽が手で制した。

ここのお金も自分が持つということなのだろう。

いつもお金を出してもらっているので、真凛は申し訳なく感じた。

「――レジ袋とか紙袋を持ってると、お猿さんに狙われるのですね……」

お金を払い終えて陽が戻ってくると、料金所に『お願い』と書かれた板を見て真凛がそう話しかけてきた。

「食べ物が入ってると思われて興味を惹《ひ》くのかもな。大丈夫だとは思うけど、秋実が持ってるポーチも気を付けろよ？」

「あっ、はい……。ここのお猿さんって、飼われているのでしょうか？」

「いいや、野生だ。だから、荷物を持ってると危ないんだよ」

『お願い』には他にも、餌を与えないでくださいなどの注意書きもされている。

普段人間に危害を加えないため野放しにされているが、野生は野生。

ひょんなことから襲ってきたりしかねないので、お互いのためにこういうお願いがされているのだろう。

前に陽が来た時は、人間の近くを歩きはしても人間目当てに近付こうとはしない、とてもおとなしい猿たちだった印象だ。

陽と真凛はとりあえず神庭《かんば》の滝《たき》の自然公園に入ってみる。

すると、すぐに予期せぬ事態が二人を襲った。

「えっ、なんですかこの沢山のお猿さんたちは!?」

そこには、真凛の想像を遥かに超える沢山の猿がいたのだ。

まるで、猿で溢《あふ》れかえらんばかりの遊歩道を見た真凛は、思わず固まってしまった。

「あまり大きな声を出すな、刺激したら困る」

「あっ、す、すみません……」

陽《よう》に注意をされて、真凜は慌てて両手で口を押さえながら謝った。

しかし、真凜が驚くのも無理はないだろう。

なんせ、それだけ多くの猿が目の前にいるのだから。

「前来た時はこんなにも多くなかったけど……今日は多いな」

「いったい何十匹いるのでしょうか……？」

「さぁな。確かこの辺には百数十匹の猿が生息しているらしいが……この数、ほとんど出てきていないか？」

さすがにこれだけの数は予想外で、陽も困ったように笑ってしまう。

すると、真凜がギュッと陽の服を摑《つか》んできた。

おそらく怖いのだろう。

陽の中でその真凜の姿が、三年くらい前の佳純《かすみ》に無意識に重なってしまった。

「大丈夫だよ。野生とはいっても人間には慣れてるから、そう簡単に襲ってきたりはしない。驚かせないようにだけ注意な」

「はい……」

陽が優しい声を意識して言うと、真凜は幼い子供のように小さく頷いた。

その態度がやはり過去の佳純に重なり、陽はなんとも言えない気分になる。

「時期によっては猿がいないこともよくあるそうだから、今日は運が良かったよ。ほら、あそこにいる子猿とかかわいいだろ？」

陽は真凛の気を逸らすように、芝の上に落ちた木の実か何かを拾って食べる子猿を指さした。

「あっ……本当ですね、小さくてかわいいです」

どうやら陽の狙い通り、真凛の緊張はほぐれたようだ。

猫が大好きなことからわかるように、真凛はかわいい生き物が大好きだ。

だから、こんなふうに小さくて幼い生き物を見ると、自然と頬が緩んでしまう。

「あの子猿は、親猿にくっついて離れないな」

「ふふ、甘えん坊さんなんですね。お母さんの背中にピッタリくっついています」

陽が別の猿を指して言うと、そちらを見た真凛は微笑《ほほえ》ましそうにまた笑みを浮かべた。

親猿のほうが母親かどうかはわからないのだけど、微笑ましい光景なのには違いない。

他にも、一緒にいる猿の毛繕いをする猿もいる。

そんな猿たちを見て、真凛は幸せそうな笑みを浮かべた。

「みんな仲良く暮らしているんですね」

「仲良く……かどうかはわからないけどな」

「えっ？」

しかし、陽が思わず呟《つぶや》いた言葉に真凛は首を傾げてしまう。

そして、陽がまた違うところを見ているので、その視線を追うと――二匹の猿が、取っ組み合いの喧嘩《けんか》をしていた。

「い、いったい何があったのでしょうか……？」

「さぁな。縄張り争いか、餌の取り合いか――理由はわからないけど、動物だって人間と同じように喧嘩するんだよ」

「あっ、お猿さん逃げたのに、追いかけられてます……！」

勝てないと思ったのか、若干小柄な猿が逃げると、すぐにもう片方の猿が追いかけ始めた。

しかし、すぐに逃げていたほうも体勢を変えて、お互い威嚇をし始める。

「放っておこう。猿には猿の暮らしがあるんだから、人間が下手に介入したら駄目だ」

「そうですか……」

自然界に干渉するのは良くないと陽は考えているので、猿たちのことは無視して滝を目指すことにした。

真凛は猿たちが喧嘩していたことで悲しそうにしながらも、その後を追いかける。

「まぁでも、喧嘩しているように見えても、喧嘩とは限らないけどな。ほら、あそこのは多分、子猿が親猿に叱られているんだよ」

そう言って陽が指さすと、そこにはかなり小さな猿が大きな猿に怒鳴られていた。

「なんだかこうしてみると、人間社会を見ているみたいです……」

「まぁ、元は人間だって猿だからな。そこは変わらないだろ」

「確かにそれはそうなのですが……。今のお猿さんたちはともかく、先程の喧嘩していたお猿さんたち……もしかして、私と根本《ねもと》さんもあんなふうに見えたのでしょうか……？」

猿同士が喧嘩をしている光景を思い出して、真凜は自分と佳純の姿を重ねてしまったようだ。

「取っ組み合いの喧嘩はしてなかったし、怒鳴り合っていたわけでもないから全然違うと思う。むしろ、秋実《あきみ》は大人の対応をしていたよ」

真凜と佳純の喧嘩は、普通の喧嘩に比べて凄《すご》く静かなものだった。

それは、真凜が怒鳴ったりしないよう我慢しながら対応していたからだ。

酷《ひど》いものにならなかったのは真凜のおかげだろう。

しかし、喧嘩自体いいことではない。

「だけど喧嘩ってさ、やっぱり周りから見ると気分がいいものではないよな。だから俺としては、二人に仲良くしてもらいたい」

「ごめんなさい……」

陽が素直に思っていることを伝えると、真凜はシュンと落ち込んでしまった。

喧嘩のことを引きずっていたのだから、この反応は当然だろう。

「何度も言うが、秋実が悪かったわけじゃない。あれは根本が悪かったんだ。だけど――もし、根本が謝って来て秋実と仲良くしたがっていたら、その時は受け入れてやってくれると嬉《うれ》しい」

「陽君は、どうしてそこまで……」

真凜は戸惑いながら陽の顔を見つめる。

喧嘩までした自分と佳純を、どうして仲良くさせたいのかわからないんだろう。

「あいつは色々と馬鹿だし、よく道を踏み外すけど……根はいい奴《やつ》なんだよ。だから、仲良くすることは秋実にとってもいいことだと思っているんだ」

真凜は良くも悪くも純粋すぎる。

もし悪い奴等《やつら》に目を付けられてしまった場合、あっさりと騙《だま》されてしまうだろう。

だから警戒心が強く、ずる賢い佳純が近くにいれば真凜を守ってもらえると陽は思っていた。

「仲良くすると、それはそれで問題な気が……」

「ん？　どういうことだ？」

「い、いえ、なんでもありませんよ！」

真凜の言葉が引っ掛かったため尋ねた陽だが、真凜は顔を真っ赤にして飛び退《の》いてしまった。

幸い川側を陽が歩いていたので、真凜が川に落ちるようなことはなかった。

（やっぱ、こっちを歩いといてよかったな……）

陽はそう思いながら、明らかに動揺している真凜の顔を見る。

「何をそんなに慌ててるんだ？」

「な、なんでもないです……」

真凛《まりん》は口元を両手で隠し、顔を真っ赤にしながら陽から目を逸《そ》らす。

そんな真凛の態度を陽は訝《いぶか》しげに見るが、これ以上動揺させるのも危険だと判断し、触れないことにした。

「――滝、見えてきたな」

「あっ……！　本当です……！」

まだ木などで大部分は隠れているが、滝の上の部分が陽たちから見えた。

それにより真凛のテンションも上がる。

「凄いですね、ここから見ても迫力があります」

「中国地方随一のスケールを誇る名瀑《めいばく》といわれているからな。もっと近くまで行けるから行こう」

陽と真凛はそのまま滝を目指して歩き続ける。

「わっ、勢いよく水が流れてきています！」

滝に近付くに連れて、上から流れてきている水の威力は増していた。

岩によって段差が沢山できているので、より勢いがあるように見えるのだろう。

「足場が悪くなってるから気をつけたほうがいい。秋実、先に行ってくれ」

「はい」

陽は真凛を先に歩かせる。

そして、後ろから真凛の動きに注視し、万が一こけた場合に備えていた。

「わっ、ここの階段……と言ったらいいのでしょうか？　結構きついですね」

大きな岩が積み重なることで階段のようになった場所を見た真凛は、若干困ったように陽を見る。

足場が悪いだけでなく、幅が狭い部分もあるので歩き辛《づら》そうだ。

「後ろから支えるから、ゆっくりと上るといい」

「あっ……ありがとうございます」

陽が後ろから優しく背中を支えると、真凛はほんのりと頬を赤くして熱っぽい瞳を向けてきた。

陽は手の平から感じる熱を若干照れくさく思いながら、真凛と共に岩を上っていく。

そんなふうにしながら滝のもとに辿《たど》り着くと――。

「す、凄い……」

迫力満載の滝を前にし、真凛は思わず息を呑《の》んだ。

ザーッと流れてくる水の勢いは、まさに圧巻の一言だろう。

「ここは……滝行とかはできなさそうですね」

滝が落ちている下の部分を見た真凛は、人が入れるような隙間がないのでそう思ったのだろう。

「なんだ、滝行がしたいのか？」

「いえ、自分がしたいわけではなくて……漫画やアニメでは定番なので」

真凛は困ったように笑ってそう答えた。

アニメや漫画が好きなようなので、実際にしているところを見てみたいのだろう。

「なるほど……まぁ、進入禁止だろうしこの感じだと無理そうだな」

「ですね。それよりも、本当に滝って凄いですね……」

真凛は冗談半分で滝行のことを言っただけのようで、あっさりと話を切り替えてしまった。

この滝は高さが百十メートルで、幅も二十メートルあるらしい。

その高さから勢いよく水が流れてくるので迫力があり、真凛はいつまでも眺めていたくなった。

それからは真凛が納得するまで滝を眺め続け――陽たちは、神庭《かんば》の滝《たき》を後にするのだった。

◆

「――私、幸せ者ですね」

タクシーに乗って中国勝山駅を目指す中、急に真凛が両手の指先を合わせながらモジモジとし始めた。

「……急にどうした？」

「いえ、いろいろと綺麗《きれい》な景色を見に連れて行って頂けて……高校生でこんな贅沢《ぜいたく》をしている人、そうはいないと思います。ですから、私は幸せなんだなぁっと」

まるで熱に浮かされたかのように真凛はそう呟く。

そしてその瞳は、熱を帯びたまま陽《よう》へと向いた。

「また、ここにも来たいですね」

どういうつもりで真凛がそう言ったのかは陽にはわからない。

だけど、陽も同感だった。

「あぁ、あの場所は紅葉が綺麗だということでも有名だから、今度は秋に来るといいかもしれないな。あと、落石の危険があるということで今日は行けなかったが、行ける時は鬼の穴と呼ばれている鍾乳《しょうにゅうどう》洞も行ってみるといい。歩きで往復三十分から四十分ほどかかる上にちょっと道も悪いけど、なかなか見られるものではないからな」

「むぅ……」

「いや、なんで頬を膨らませているんだ？」

同意したにもかかわらず真凛が頬を膨らませたので、陽は理解できずに首を傾《かし》げる。

真凛としては陽と来たいというアピールだったのに、陽は真凛が他の人と行くような言い方で返したからだろう。

「別に、なんでもありません……」

真凛はプイッと窓の外に視線を向けてしまった。

（やっぱり子供なんだよな……すぐ拗《す》ねるし）

いじけている真凛を見て、陽は思わず溜息《ためいき》を吐《つ》いてしまう。

「昼飯どうする？　岡山まで帰るか？」

真凛が拗ねているので、ご飯の話題で陽は釣ることにした。

陽の言う岡山とは、岡山駅周辺のことだ。

すると、別の話題になったからか、それともご飯の話題だからかはわからないが、陽の狙い通り真凛の顔が陽へと向く。

「そうですね……」

真凛は口元に手を当てて、どうしようかと悩み始めた。

この辺にも食べるところは沢山あるだろう。

しかし、なんとなくお腹《なか》はまだ空《す》いていない気がした。

「岡山駅まで戻りましょうか」

「わかった」

それから二人は中国勝山駅に着くと、電車に乗って岡山駅へと戻るのだった。

◆

「何が食べたい？」

岡山駅に着くと、早速陽は真凛の食べたいものを尋ねる。

しかし、真凛は首を横に振った。

「陽君の好きなもので大丈夫ですよ」

そう返された陽は、少し考える。

真凛は遠慮をするタイプなので、こういう時自分が食べたいものを素直には言わない。

だからそれを聞き出そうとするのは中々難しいだろう。

そのため、自分で候補を出すことにした。

「モツ鍋って食べたことがあるか？」

モツ鍋とは、その名の通り牛もしくは豚のモツ――別名で、ホルモンと呼ばれる部位を主材料とする鍋だ。

味は味噌《みそ》や醬油《しょうゆ》、水炊き風などいろいろなものがあり、人それぞれ好みは違うだろう。

「ないですね。名前は知ってますが……」

「それじゃあ、食べに行くか。『暑い時期に鍋？』って思うかもしれないけど、モツ鍋は夏も人気なんだよ。夏バテにいいキャベツや、滋養食であるニンニクとかニラなどが沢山入っているからな」

「ニンニク……」

ニンニクという言葉に真凛は思わず足を止めてしまった。

女性だから匂いが気になってしまうようだ。

「口臭の匂い消し持ち歩いてるから、後でやるよ」

「陽君って本当に準備が良すぎませんか……？　私も持っていますので、必要はありませんが……」

高校生男子で口臭の匂い消しを持ち歩く男子など、真凛は初めて見た。

ちなみに今まで何度も食事を共にしているが、陽が使う場面は一度も見たことがない。

もしかしなくても、真凛に隠れて使っていたのだろう。

「持ってるに越したことはないだろ。それよりも、それでも嫌なら別のお店でいいぞ？」

「い、いえ、私も興味があるので大丈夫です……！」

真凛はブンブンと一生懸命に手と首を横に振った後、誤魔化すように笑みを浮かべた。

それにより、陽は真凛を連れてモツ鍋のお店に入った。

「――おすすめはなんですか？」

席に着くと、真凛が期待したような目を陽に向けてきた。

「ここは休日もランチをしているから、ランチにしよう。俺は醬油味や水炊き風をよく食べるな」

「なるほど……それでは、醬油味――いえ、水炊き風も悩みますね……」

真凛はメニューを見つめながら、小首を傾げて悩み始める。

食べたことがないということなので、どちらの味も興味があるのだろう。

ちなみに陽が醬油味を気に入っているだけで、このお店では味噌の味付けが大人気らしい。

そのまま真凛は考え続けるが、答えは出ないようだ。

「それじゃあ、両方頼むか？　俺と秋実《あきみ》がそれぞれ頼んで分ければいい」

真凛が悩んでいるようなので、陽は二種類頼んで分けることを提案した。

このお店はお玉も付いてくるので、鍋を食い箸で突《つつ》くようなことにはならない。

だから、真凛も気にせずに分けることができると陽は考えた。

「そんなことが可能なんですか……？」

「このお店は頼めば、取り皿も二つずつ貸してくれるしな」

「お詳しいですね？」

「たまに来るんだよ」

真凛は過去の陽がどういうふうに休日を過ごしていたのか知らない。

しかし、綺麗な景色を求めているなら電車によく乗るのだろう。

その際に、岡山駅で乗り換えることも多いため、このお店に寄っていたのだと結論付けた。

「常連さんなんですね」

「まぁ言うてもだけどな。店員にも顔は覚えられてないだろうし。それで、どうする？」

「あっ、それではお願いします……」

真凛《まりん》はほんのりと頬を赤くして上目遣いでお願いしてきた。

内心では、(分け合うなんて……まるで、夫婦みたいですね……) と思っている。

陽は真凛の言葉に頷《うなず》き、自分の分だけでなく真凛の分も一緒に注文をした。

そして分け合うことも店員さんに伝えると、数分後には醤油味のモツ鍋と水炊き風のモツ鍋が運ばれてくる。

水炊き風のほうは、ポン酢にゴマやネギ、そして一味が入ってできた漬けダレも二人分ついていた。

「明太子《めんたいこ》までついてくるなんていいですね」

真凛は小皿に載った、半分くらいに切られた小さな明太子を見て笑みを浮かべた。

「お店の看板に博多って書いてあるし、博多が元なんじゃないか？　だから、博多で有名な明太子も出してくれているのかもしれない」

「ふふ、こういうのは嬉《うれ》しいですよね」

どうやら真凛には気に入ってもらえたようだ。

その笑顔を見て、陽は内心安堵《あんど》する。

すると、真凛がジィーッと見つめてきた。

「どうした？」

「その……お鍋って自分ですることがなくて……」

「あぁ、なるほど」

(両親がいるとはいっても、毎晩夜帰るのが遅いから、こういう鍋系は作らないんだろうな……)

「俺がやるよ、特にモツの食べ頃がわからないんだろ？」

「はい、ごめんなさい……」

「気にしなくていい。溢《あふ》れないように火力の調整をしたり、具材を混ぜたりするだけだからな」

真凛が頭を下げてきたので、陽は仕方なさそうに笑ってお玉を手に取った。

真凛はそんな陽の笑顔を優しい笑顔だと思う。

「水炊き風のほうは、穴あきお玉なんですね」

「あぁ、醬油味とかはスープなどにも味が付いてるけど、水炊き風のほうは名前の通り水だけだろうからな。もしかしたら何かしらの味付けはされているのかもしれないけど、食べる時は水が入らないように具材だけを掬《すく》ってタレに付ける感じだ」

さすがの真凛も、水炊きというのがどういう食べ物かは知っている。

だけど、陽が丁寧に教えてくれるのが嬉しくて余計なことは言わなかった。

(なんだかんだ言って、陽君は面倒見が良くて優しいですよね……)

そんなことを考えながら、陽を見つめている。

「陽君は鍋がお好きですか？」

「まぁ、嫌いではないな」

（ツンデレ発動……この返し方は、好きなんですね）

少し暇だったので、真凛は脳内でそんなふうに遊んでしまう。

しかし、真凛がニヤけたので陽は気が付いたらしく、ジト目を向けてきた。

「何変なことを考えているんだ？」

「べ、別に、何も変なことは考えていませんよ？」

変なことを考えていた真凛は、若干慌てた様子で返してしまう。

それにより、変な妄想をしていたな、と陽は思うのだけど、店内で騒がれたらかなわないので触れないことにした。

「そろそろ食べられそうだな、器を貸してくれ」

「よそってくださるんですか？」

「火傷《やけど》されたら困るからな」

「むぅ……暗にドジって言われてる気がします……。あと、子供扱い……」

真凛は頬を膨らませて不満そうに見てくる。

言葉通り、陽に子供扱いされたと思っているのだろう。

「慣れないことなんだから当然の対応じゃないか？」

「料理は大得意です」

拗ねている真凛は、普段ならしない料理得意アピールをしてきた。

わざわざ『大』と付けてまでアピールしている。

ちょうど通りかかった店員さんは、微笑《ほほえ》ましそうにクスッと笑ってしまった。

「わかったわかった、じゃあ自分で取るといい」

これ以上やり合うのはめんどくさいと思った陽《よう》は、真凛に器を返す。

すると、真凛は自分がしたことに対して後悔し、シュンとしてしまった。

せっかく陽によそってもらえたのに、自分でその機会を台無しにしてしまったのだ。

なんだかんだいっても、真凛も佳純《かすみ》同様甘えん坊なので、それでショックを受けているのだろう。

（こ、こいつ、佳純と別方面でめんどくさい……）

こういう時、佳純はかなり素直で甘えてくる。

だけど、真凛は甘えるのがへたなのだろう。

そのせいで若干ツンデレ気味になっており、佳純とは違うことで手がかかる。

「やっぱりよそおうか？」

「……お願いします」

一度断ったので真凛は気が引けたけれど、ここでまた意地を張るのは駄目だと思い、素直に陽に器を渡してきた。

だから陽はキャベツやニラ、そしてモツやスープなどを均等に入れて真凛に渡す。

「冷めちゃうから少しずつな。それと、スープもおいしいから飲むといい。水炊き風のほうはタレに付けて食べるから、自分で取ったほうがいいと思う。長く具材をタレの中に入れてしまうと、味が付きすぎて酸っぱくなるんだ」

今の陽は真凛の世話を焼いているからだろう。

いつもよりも、口数が多くなっている。

「ありがとうございます」

真凛は嬉しそうに器を受け取り、少しだけ冷ます。

熱々に煮えた鍋の中から取り出したので、すぐに食べると火傷しそうだと思ったのだ。

「モツって思ったよりも小さくカットされているのですね」

「あぁ、だから食べやすいんだ。それなのに味はしっかりと染みついてるから、嚙《か》んだ時に口の中で味が広がっておいしいぞ」

陽の話を聞いた真凛は、さっそくモツを食べてみることにした。

箸で摑《つか》み、ふーふーと息をかける。

そして、パクッと口に入れてモグモグと嚙みしめた。

「――っ！　た、確かに、凄《すご》くおいしいです……！　モツの独特の風味と醬油《しょうゆ》出汁《だし》による味が口の中に広がって、凄いです……！」

よほどおいしかったのだろう。

真凛は興奮気味に頷いていた。

それにより、近くのテーブルを片付けていた店員さんもニッコリと笑った。

「気に入ってもらえてよかったよ。水炊き風のほうも食べてみるといい」

陽に促され、真凜は穴あきお玉で水炊き風のモツとキャベツを掬って、タレの中に入れた。

こちらはタレが冷たいので、醤油味とは違いすぐに食べられそうだ。

そして、箸でモツを摘《つ》まんで口に入れてみる。

「～～～～っ。口の中でタレが広がっておいしいです……！　サッパリしてて、ポン酢とゴマの風味がなんとも言えませんね……！」

醤油味のモツ鍋は味が濃いので、重た気味である。

逆に水炊き風のほうは、ポン酢によってサッパリとした味付けになっており、とても食べやすかった。

「どっちもおいしいのに、それぞれ全く違う料理のような味付けになってるのが面白いよな」

「特にこの交互に食べる食べ方、醤油味で濃厚な味を口にした後に、サッパリとした水炊き風を食べると、凄く食べやすいですね。飽きがこなくて延々と食べられそうです」

「はは、だよな」

陽が好きなものを、興奮気味でおいしそうに食べる真凜が嬉しかったのだろう。

普段の陽では中々見せない、楽しそうな笑みを浮かべた。

それにより、真凜は自身の体温が急上昇したのを感じる。

「沢山あるからな、もっと食べるといい」

「あっ、はい、ありがとうございます」

その後、真凛は陽と共に二種類のモツ鍋を堪能するのだった。

◆

「――今日はありがとうございました、陽君」

モツ鍋を食べ終えて外に出ると、真凛はとても嬉しそうに笑ってお礼を言ってきた。

すっかり機嫌は直ったようだ。

「もういいのか？　時間はまだあるが……」

「はい。今日は私の我儘《わがまま》で台無しにしてしまったのですから、これ以上私だけがいい思いをするわけにはいきません」

真凛はそう言って、仕方なさそうに笑みを浮かべた。

やはり真凛はいい子のようだ。

きっと、脳裏には朝のこと――いや、佳純の顔が浮かんでいるのだろう。

だから佳純に遠慮をして、ここで別れようとしている。

「……秋実、一ついいか？」

「なんでしょうか？」

帰ろうとした真凛を引き留めたので、真凛は不思議そうに陽のほうを振り返る。

「他人のせいにせずに自分が悪いと思えるところや、他人を気遣って遠慮できるところは凄いと思う。尊敬だってする。だけど——我が儘だって、言っていいんだぞ」

何度も言うように、陽は真凜の性格が苦手だ。

誰にでも優しくて他人を思いやれる代わりに、彼女は自分で自分を傷つけてしまう。

だから、もっと素直になってほしいと思っていた。

「私、陽君には結構我が儘を言っていますよ……？」

「だったらもっと言っていい。もし駄目だと思うことがあったらそれは俺が言うからさ。秋実《あきみ》が変に気を遣って我慢する必要はないんだ」

「でも、そんなことしたら……私は嫌な人になってしまいませんか……？　皆さんに嫌われてしまいます……」

「世の中我が儘な奴《やつ》がどれだけいると思ってるんだ？　まぁだけど、確かに秋実の今の人気があるのは、お前のその性格のおかげではある」

学校では天使様と崇《あが》める人間がいるほどに、真凜は周りから性格の面を買われている。

きっと、容姿だけならこれほどまでの人気にはなっていなかっただろう。

そのことは陽だってわかっていた。

「でもな、秋実と俺の関係は他の友人たちとは違うだろ？　だから、俺にはもっと我が儘を言っていいんだ。我が儘を言ってきたからって、俺はそれで秋実を嫌いになったりはしない」

陽の言葉を聞いた真凛《まりん》は、瞳を大きく揺らす。

(そんなこと言われたら……我慢、できなくなってしまうではないですか……)

真凛には、どうして佳純があそこまで陽に執着をするのかがわかってしまった。

端的に言えば、器が大きすぎるのだ。

自分の全てを受け入れてくれそうで、面倒見もいい。

ましてや陽は誰にでも優しいわけではないので、その対象になった場合、自分は特別なんだと思ってしまう。

そんな人間の傍《そば》にいるのは、居心地がいいのだ。

真凛的には、普段陽は素っ気ないけれど、実はその態度には優しさが込められている、というのもプラス要素だった。

「では、もう少しだけ……お付き合い頂いてもよろしいでしょうか……？」

「もちろんだ」

素直になった真凛が上目遣いで尋ねてきたので、陽は素っ気ないながらも小さく頷《うなず》く。

それにより真凛は嬉《うれ》しそうに頰を緩め、ソッと陽の服の袖を指で摘まんできた。

素直になったことで、甘えてきているのだろう。

この行動は陽にとって予想外だったけれど、自分が唆したのだから注意はしない。

そのまま二人は、駅のホームへと向かったのだった。

「――陽のいじわる、ばか」

真凛と遠出をして帰ってきた陽は、佳純の家に立ち寄ったのだけど、なぜか佳純は自身の部屋の中で凄く拗《す》ねていた。

原因は、数時間前に遡る。

◆

「――あれ、陽君と真凛ちゃん帰って来てるね？」

岡山駅近くの大型ショッピングダモールに遊びに行っていた凪沙《なぎさ》は、岡山駅に戻ってくるなり陽と真凛の姿を見つけ、佳純に話しかけた。

「真凛ちゃんの表情を見る限り、うまく機嫌を直せたっぽいけど――って、佳純ちゃん、どうしたの？」

ジュース専門店で買ったゴマバナナミルクジュースを持っていた佳純は、ストローをくわえたまま固まってしまっている。

「お～い、何固まってるの？」

「あ、あの二人、めちゃくちゃ仲良くなってる……」

「ん？　元々あんくらい仲良かったくない？」

「だ、だって、ほら……！　服の袖摘まんでる……！」

真凛が顔を赤く染めながら陽の服の袖を摘まんでいることで、佳純は全身をワナワナと震わせながら動揺した。

それを見た凪沙は、（めんどいタイミングで戻ってきちゃったな……）と、後悔をする。

「どうせ君、あれよりも数段凄いことしてるんでしょ？　何を今更動揺してるの？」

「お、幼馴染《おさななじ》みの私がするのと、あの子がするのじゃ意味が全然違う……！」

（いや、一緒だけど……というか、していることは否定しないのか……）

幼馴染みであろうと、普通の女子であろうと、異性である以上くっつくことは同じ意味だと凪沙は思っていた。

だけど、佳純にとっては違うらしい。

「こ、このままだと、秋実さんに陽が盗《と》られちゃう……！」

「だからって、邪魔しに行って真凛ちゃんの機嫌を損ねたら、今度こそ取り返しがつかないよ？」

「うぅ……！」

今朝の二の舞になれば、陽が絶対に許さないだろう。

それくらいのことは佳純にもわかっており、涙目で悔しそうにギュッと握りこぶしを作る。

「陽《よう》君と付き合ってないんだから、君にとやかく言う権利はないんだからね？　妨害したって嫌に思われるだけなんだから、陽君に好かれるように行動したほうが得だよ？」

「何!?　正論ばかり言って、私をいじめて楽しい……!?」

「正論の何が悪いのさ!?　いじめてもないし、八つ当たりしないでよ……！」

怒りをぶつける場がなかった佳純《かすみ》が凪沙に突っかかると、凪沙も抵抗して喧嘩《けんか》になってしまった。

その後はモヤモヤしたものを抱えたまま、佳純は陽と真凛が電車に乗るのを、指をくわえて見ることしかできないのだった。

◆

――という経緯があって、現在佳純は拗ねていた。

「なるほど、あそこに佳純たちもいたのか……」

佳純が拗ねている理由を知った陽は、困ったように頬を指でかく。

時間が経《た》っていたのでもう駅にはいないと思っていたのに、鉢合わせをする自分の運の悪さを恨んだ。

「いちゃいちゃを見せつけてくるなんて、当てつけにもほどがある……！」

「別にいちゃいちゃなんてしてないし、当てつけをしたつもりでもないんだが……」

拗ねる佳純に困った陽は、ゆっくりと佳純の頭に手を伸ばす。

それを見た佳純は、頬を膨らませたのが嘘《うそ》だったかのように目を輝かせた。

「悪かった、無神経なことをしたとは思っている」

「んっ……」

陽に頭を撫《な》でられると、佳純は嬉しそうに目を細めた。

そして、自分から体の距離を縮めてくる。

陽は遠ざかることをせずに、体をくっつけてきた佳純のことを受け入れた。

明日は佳純と真凜を仲良くさせないといけない。

そのためには、不満を持たせるわけにはいかないのだ。

「陽、膝の上に座ってもいい？」

「………」

「だめ……？」

「いいよ」

取引と関係なくそこまで許していいのか迷った陽だが、佳純が甘えたそうに上目遣いをしてきたので許してしまった。

佳純は嬉しそうに腰を上げ、陽の膝の上に座ってくる。

完全に甘えん坊モードだ。

「なぁ、佳純」

「んっ、なぁに？」

頭を撫でながら陽が話しかけると、佳純は緩んだ表情で陽の顔を見上げてきた。

だらしない表情に陽は一瞬息を呑《の》む。

しかし、何事もなかったかのように口を開いた。

「明日、ちゃんと秋実に謝ってほしい。今日のは佳純も悪かったって思ってるんだろ？」

「むぅ……すぐ、秋実さんの話をする……」

「むしろその話をしに来たんだが……」

陽が訪れた時点でおそらく佳純はわかっていただろう。

それでも陽に怒られたくなくて誤魔化したか、もしくは拗ねていたので抜け落ちていたかのどちらかだと思われる。

「私だって、秋実さんに悪いことをしたって思ってるわよ……」

逃れられないと思ったのか、佳純はいじけたように質問に答えた。

やはり罪悪感は抱いていたようだ。

「秋実の機嫌は直ったし、明日も来てくれるって言ってたからそこで謝りなよ」

「でも、秋実さん怒るかも……」

「今日みたいなことをしなければ許してくれるさ」

真凜のことを人柄で買っている陽は、そう説得しながら佳純の頭を再び撫でる。

すると、佳純は小さくコクッと頷いた。

どうやら謝る気になったようだ。

「凪沙から聞いたよ、今日一緒に駅近くのショッピングモールに行って、服見たりアイス食べたり映画見たりしたらしいな。凪沙とも仲良くできてるんじゃないか？」

「一緒に行ったというか、無理矢理連れて行かれたというか……」

佳純の記憶にあるのは、帰ろうとしたところを首根っこ引っ張られて引きずられたというものだ。

自由にしたら時間が経ってでも陽を追いかねないと判断した凪沙が、佳純の自由を奪っていた。

「喧嘩してないならいいさ。とりあえず、もう今朝のようなことがないように三人仲良くな？」

「んっ……」

促す陽の言葉に佳純は素直に頷いた。

普段クールな佳純だが、甘やかされている時は素直になるのだ。

「それじゃあ、話も終わったことだし俺はもう帰るよ」

陽は佳純の膝の下に手を回し、持ち上げてベッドの上へと下ろす。

その後立ち上がったのだが、佳純が服の袖を摘《つ》まんできた。

「どうした？」

「まだ、帰らなくてもいいんじゃない……？」

どうやら、まだ陽に帰ってほしくないようだ。

「そういうわけにもいかない。佳純お風呂もまだだし、ご飯も食べていないんだろ？」

佳純の服装は、今日遊びに行った時のままだ。

お風呂に入っているなら服を着替えているだろう。

ご飯に関しては、佳純の家に漂う料理の匂いでわかった。

食べ終わった後の匂いではなく、現在調理中のいい匂いが佳純の家でしているのだ。

それに気が付かないほど陽も間抜けではない。

「そもそも約束の日じゃないしな。今日はもうこれで終わりだ」

「むぅ……」

「不満そうに頰を膨らませながら引っ張っても駄目だ」

陽の服の袖をグイグイと引っ張って不満をアピールする佳純に対し、陽は真剣な表情でそう伝えた。

さすがの佳純も、その表情で駄々をこねるのは無駄だとわかったのだろう。

ゆっくりと指を離した。

「さて、じゃあ帰るよ。明日は撮影もするから、凪沙と一緒に秋実《あきみ》の足止めを任せたぞ」

陽と佳純が動画配信者をやっているということは、真凛には内緒にしている。

最悪バレるのは仕方ないと思って当初真凛を連れていた陽だが、今は不可能な理由があるため隠そうと思い直したのだ。

その理由とは、真凜《まりん》が動画配信者である佳純に対して憧れを抱いているからだった。

真凜と佳純の仲の悪さを考えると、純陽《じゅんよう》チャンネルの女性が佳純だったと知った時、真凜は酷《ひど》くショックを受けるだろう。

元々ここ最近ショックを受け続けていたのだから、これ以上与えることはしたくないのだ。

一応、正体を知ることによって真凜が佳純のことを見直す可能性もなくはないけれど、現状では望み薄《うす》だと思われる。

「陽……」

「ん？　まだ何かあるか？」

佳純が再度引き留めてきたので、陽は首を傾《かし》げながら尋ねる。

すると、佳純は人差し指を合わせてモジモジとしながら俯《うつむ》いてしまった。

「その……本当に、今日のことは悪かったと思ってる……。ごめん……」

それは、陽にとって凄《すご》く意外なことだった。

佳純は素直ではあるのだけど、陽に女の影があると攻撃的になって非を認めない。

要は、『浮気する陽が悪い……！』という感覚なのだ。

もちろん陽と佳純は付き合っていないのだけど、女性関係で佳純がこんなふうに自分から謝ってくることは、過去になかったのではないだろうか。

「いいよ、もう同じ失敗さえしなければ」

佳純が変わってきていることがわかった陽は、優しく佳純の頭を撫でた。

陽にとって佳純は幼馴染みだけど、幼い頃から甘やかし続けていたことで妹のように思っているところもある。

だから、本当の陽は佳純に凄く優しいのだ。

「じゃあ、もう本当に帰るよ」

「あっ……」

陽が手を離すと、佳純は残念そうな声をあげた。

そして、物欲しそうな目で見つめてくる。

まだ頭を撫でてほしいのだろう。

今まで陽に冷たくしていた姿からは想像ができないが、本当に佳純は甘えん坊なのだ。

――ただ、陽に対してだけなのだけど。

「また明日があるから」

このままだと延々と引き留められることが過去の経験からわかっている陽は、そのまま部屋を出た。

（本当に、昔みたいに戻ってるな……）

陽は、佳純の家のすぐそばにある自分の家に向かって夜道を帰りながら、一人寂しく夜空を見上げる。

脳裏に浮かぶのは、先程までの甘えん坊だった佳純の姿だ。

（佳純の気持ちはわかってるし、俺が他の女子と一緒にいるのが嫌なのはわかるけど……秋実を、放っておくことはできないもんな……）

陽は自分が真凛に懐かれていることを自覚している。

小動物――いや、小生意気な妹に懐かれているような感じで、陽は真凛のことを見ていた。

だから自分が突き放すことは、真凛を傷つけるとわかっているのだ。

そのため、佳純の気持ちを優先してあげることはできない。

何より、真凛と旅行することを楽しんでいる自分もいる。

「ままならないなぁ……」

あちらを立てればこちらが立たず、の状況に陽は頭を悩ませながら家の玄関の鍵を開けるのだった。

――願わくば、二人が親友のように仲良くなって、もう揉《も》めたりしないことを祈りながら。

◆

翌日の日曜日――。

「秋実さん、ごめんなさい」

陽《よう》と一緒に真凛が来るのを待っていた佳純《かすみ》は、真凛の姿を見るなりバッと頭を下げた。

来たばかりで突然頭を下げられた真凛は、驚いて陽の顔を見る。

「根本《ねもと》も昨日のことを反省しているんだよ。だから、謝っているんだ」

陽が説明をすると、真凛は再度佳純に視線を戻す。

あの佳純が素直に謝っていることが意外で仕方がなかった。

しかし、先に謝られた以上無視はできない。

真凛も佳純と同じように頭を下げた。

「私のほうこそごめんなさい。とても失礼なことをしてしまいました」

真凛は昨日怒って帰ろうとしたことを佳純へと謝る。

元々後悔していることだったので、こうやって謝る機会ができてよかったと真凛は思った。

だけど、佳純はそうは思わない。

昨日の真凛は全然悪くなく、自分と凪沙《なぎさ》が悪かったと佳純は思っているので、こうやって謝られるのは腑《ふ》に落ちないのだ。

これも、陽へのポイント稼ぎだと思ってしまう。

「おい」

佳純の表情がムッとしたものに変わったことに気が付いた陽は、真凛が頭を上げる前に佳純に声をかけた。

それにより、佳純の表情が元に戻る。

「どうされました……？」

頭を下げていた真凛は、てっきり自分が言われたのだと思い不安げに陽の顔を見た。

だから、陽は首を横に振る。

「いや、なんでもない。それよりも、凪沙の奴《やつ》また最後か……」

凪沙は昨日同様、岡山駅に隣接しているホテルに泊まっている。

東京には帰らず、一週間ほど岡山に滞在するつもりのようだ。

その連絡を受けた時陽は、（こいつ、案外暇人だろ？）と思った。

まぁ、凪沙の場合は探偵業とは別に動画配信者の副業を持っているので、ホテルでも仕事ができるのだが。

「――おまたせ～」

凪沙は、待ち合わせ時間ピッタリに姿を現した。

別に遅れているわけではないので、陽も佳純も文句は言わない。

「真凛ちゃんごめんね、昨日は不快な思いをさせちゃって」

昨晩真凛には個別にチャットで謝っていた凪沙だが、こうして顔を合わせたので再度謝った。

それにより、真凛も慌てて頭を下げる。

「わ、私こそごめんなさい……！　おとなげないことをしてしまいました……！」

真凛はどこか緊張した様子で頭を下げている。

それを見た陽は、（やっぱり、凪沙のことが好きなのか？）と思った。

その後、四人は電車に乗って香川県を目指し始めた。

「――今日見に行くのは天空の鳥居と、銭形砂絵ですよね？」

真凛はスマートフォンを見ながら、隣に座る陽にそう尋ねてきた。

ちなみに、席順は窓際の席に真凛と凪沙が座り、通路側に陽と佳純が座っている。

そして向かい合うように座っているのだけど、陽が真凛の隣に座ったことでこのような席になっていた。

単純に陽は凪沙の隣を避けたのだけど、佳純から見れば真凛の隣だから率先して座ったように見えてしまっている。

そのせいで、若干頬を膨らませながら嫉妬をしていた。

しかし、先程謝ったばかりで怒ることができず、怒りの矛先がどこにも向けられないため、一人悶《もだ》えている。

「あぁ、そうだな。天空の鳥居には、夕陽《ゆうひ》の時間に行こうと思っている。だから、観音寺《かんおんじ》市に行く前に一旦丸亀《まるがめ》市で降りて、時間を潰す予定だ」

天空の鳥居と銭形砂絵は同じ観音寺市――しかも、結構近い距離に二つはあるので、天空の鳥居を見た後に銭形砂絵を見に行く予定だった。

その際に、どうせ見に行くなら夕陽に重なる時間がいいと陽は思っているので、手前にある丸亀市で時間を潰そうとしているのだ。

なお、銭形砂絵は夜になるとライトアップされるので、そちらのほうが都合いいというのもある。

「どうせなら、昼間の状態も見てみたかったですね」

昼間と夕陽が重なる時間とでは、同じ景色でも印象が全然違う。

だから、真凛は昼間も見てみたくなったのだろう。

真凛としては何げなく放った一言だった。

「じゃあ、予定を変えて昼からも行ってみるか？」

しかし、陽からすれば真凛の望みはなるべく叶《かな》える方針なので、確認してみたのだ。

「い、いえいえ！　既に決めている予定があるのですから、大丈夫ですよ……！」

旅行で予《あらかじ》め決めていた予定を変えるのは周りに迷惑だ。

そう思っている真凛は慌てて首を横に振る。

だけど、そんな真凛を陽は真剣な表情で見つめてきた。

「遠慮することはない。本当はどうしたいんだ？」

「あっ……」

陽の目を見た真凛は、昨日のやりとりを思い出す。

『俺にはもっと我《わ》が儘《まま》を言っていい』

陽のその言葉を思い出した真凛は、人差し指を合わせてモジモジとしながら、ゆっくりと口を開いた。

「その……可能であれば、お昼も行ってみたいです……」

「わかった」

真凛が素直に自分の思いを言ったことで、陽は小さく頷《うなず》く。

そして、佳純と凪沙に視線を向けた。

「二人も、それでいいか？」

「うん、いいんじゃないかな？　一度天空の鳥居と銭形砂絵に行って、その後丸亀市に戻って観光してもいいと思う」

「私もそれで構わないけど……わざわざ丸亀に戻っちゃうの？　観音寺から丸亀まで三十分くらいかからない……？」

凪沙は頷いたけれど、佳純は真凛ではなく凪沙の案に不満があるようだ。

丸亀市は岡山県から見て香川県の割と手前のほうにあり、観音寺市はそこから少し奥にあるので、行き来するのが手間に感じるのだろう。

「でも、丸亀城やゴールデンタワー、それに水族館って行く予定じゃん……！　夕陽を待つ間ならいけるけど、夕陽を見てからだと間に合わないかもよ……!?」

どうやら凪沙は、丸亀近辺での観光も楽しみにしているようだ。

「それに、骨付鳥……！　香川に来たら食べないと……！」

「それは夜でもいいんじゃ……?」

食い気味に迫ってきた凪沙に戸惑いながら佳純は首を傾《かし》げる。

すると凪沙は、『ちっちっちっ』と舌を鳴らしながら、人差し指を横に振って仕方なさそうな表情を浮かべた。

「わかってないなぁ、佳純ちゃんは。がっつり食べるならお昼じゃないと」

「むっ……それくらい知ってる。私のほうが凪沙よりプロポーションいいもん」

「なっ!?」

いったい何がまずかったのか。

佳純が勝ち誇ったようにソッポを向くと、凪沙の顔色が変わった。

「佳純ちゃんはただ肉がないだけでしょ……!」

「そ、そんなことないから……! 太ももとかムッチムチだもん!」

肉がない――そう言われた佳純は、太ももをアピールするようにスカートを少しだけ捲《まく》った。

それにより、佳純の白くて綺麗《きれい》な太ももが晒《さら》されるのだけど――。

「やめろ、馬鹿。電車内だ」

すぐさま陽が佳純と凪沙の頭をコツンッと叩《たた》いて、止《や》めさせた。

その横では、真凛《まりん》が顔を赤くして佳純の下半身を見つめている。

「他の人の迷惑になるから騒ぐな。あと、佳純はおいそれとスカートを捲るな」

「むぅ……」

陽に叩かれた佳純は、涙目で陽を見つめる。

怒られたのが嫌だったのだろう。

「頬を膨らませて拗《す》ねるなよ……。そもそも、なんで凪沙と競うんだ」

陽は男である凪沙と女である佳純が競う意味がわからなかった。

それに対して真凛が引っ掛かりを覚えたようで、キョトンと首を傾げている。

逆に佳純と凪沙はお互いの顔を見て、何事もなかったかのようにスマホを弄《いじ》り始めた。

「おい、なんでそこで無視をする？」

佳純が無視したことで、陽は不機嫌そうに佳純を見つめる。

しかし、そこに待ったをかけたのは凪沙だった。

「まぁまぁ陽君、そんな怒んないでよ。真凛ちゃんが悲しんじゃうでしょ？」

「おかしいな、なんで俺が悪いみたいな言い方をされているんだ……？」

喧嘩《けんか》をすれば真凛が悲しむ。

それは当然陽もわかっているのだけど、陽は注意した側なのだ。

それなのに自分が注意されるのは納得いかなかった。

「そんなことよりもさ、丸亀と観音寺を往復する形でいいかな？」

凪沙はあまり触れられたくないのか、陽の言葉を無視して話の軌道修正に入った。

「いいわよ、それで。凪沙の言ってることも一理あるし」

そして、先程は反発した佳純でさえ、なぜか急に凪沙に賛同し始めた。

陽はその手の平返しに違和感を覚えて佳純を見つめる。

すると、目が合った佳純は慌てたように陽から目を逸《そ》らした。

だから余計に陽は怪しむのだが、そんな陽の服の袖を真凛がクイクイッと引っ張ってきた。

「よ――葉桜《はざくら》君、凪沙ちゃんの言う通りでいいと思うのですが、どうでしょうか？」

どうやら、真凛も話を進めたいようだ。

これ以上引っ張ると真凛に不愉快な思いをさせると思った陽は、仕方なく息を吐く。

「いいんじゃないか、それで」

陽が頷くと、佳純はホッと胸を撫《な》でおろした。

やはりやましいことがあったようだ。

「そういえば、どうして香川に来たら骨付鳥なのですか？　香川と言えば、うどんですよね？」

香川県はうどんで全国に名を轟《とどろ》かせている。

『さぬきうどん』という言葉は多くの人間が耳にしたことがあるだろう。

だから真凛がうどんよりも骨付鳥と聞いて疑問に思うのも無理はなかった。

「すっごくおいしい骨付鳥のお店が丸亀にあるんだよ！　香川だとチェーン店が他にもあるんだけど、岡山にもたまに売りに来てるはずだよ」

「えっ、そうなんですか？」

岡山にも売りに来ていると聞いて、真凛は少し驚いてしまう。

その横では、陽《よう》が呆《あき》れた表情で凪沙《なぎさ》を見ていた。

「なんで東京にいるお前が岡山のことに詳しいんだよ……。確かにたまに、岡山駅近くのデパートに売りに来てるけどさ……」

岡山駅の近くに昔から大きなデパートがあり、そこでは全国各地からの名産品を売るイベントが行われていた。

イベントによって扱われる地域は違うのだが、たまに香川の骨付鳥で有名なお店も来るのだ。

他にも、北海道とかからお店が来ることもあるので、陽は名産品を食べにたまに行くことがある。

「ふふ、僕は情報が命だからね。いろんなことを調べているんだよ」

「変態」

「ちょっと!?　シレッと喧嘩売ってこないでくれる!?」

ドヤ顔をした凪沙の隣で佳純《かすみ》がボソッと呟《つぶや》くと、凪沙が驚いたようにツッコミを入れてしまった。

その声が大きかったので、陽が凪沙の両頰を引っ張る。

「だから、騒ぐなって言ってるよな？」

「ひゃい……しゅみましぇん……」

頬を引っ張られていることで、凪沙はうまく喋《しゃべ》れない。

だけど、コクコクと頷いて、反省した態度を取った。

「根本《ねもと》も煽《あお》るな」

陽は凪沙の頬から手を離すと、今度は佳純を見た。

佳純も凪沙同様コクコクと頷き、もうしないアピールをする。

それを見た陽は、溜息《ためいき》を吐《つ》きながら背もたれに寄りかかった。

「ご苦労様です」

まるで父親のような対応をする陽を見て、真凛は思わず労《ねぎら》ってしまう。

それに対して陽は、仕方なさそうに息を吐いて口を開いた。

「まぁ、そういうわけで岡山でも食べられなくはないけど、お店が来てくれないと食べられないからな。だからこの機会に食べておくといい。うどんは夜食べればいいんじゃないか？」

「そうですね、ありがとうございます」

陽の提案に対し、真凛はかわいらしく笑って頷いた。

その後、四人は雑談をしながら途中で電車を乗り換え、観音寺《かんおんじ》駅に着くのを待つのだった。

ちなみに、昨日真凛は電車内でも遊べるように――と言っていたけれど、そのことを言い出す気配はない。

　おそらく陽に騒ぐなと言われていたので、周りに配慮して持ち出さなかったのだろう。

◆

「——あれ？　ここからはシャトルバスで行くのですか？」

　観音寺駅に着くと、真凛はかわいらしく小首を傾げて陽を見上げた。

　元々は観音寺駅からタクシーに乗ると聞いていたので、行き方が違うことに疑問を抱いたようだ。

「土日祝の午前9時から午後の5時半までは、シャトルバス運行のため車の出入りが禁じられているんだよ。当初は夕方に行く予定だったからタクシーで行こうとしていたんだ」

「なるほど……相変わらず準備万端で凄《すご》いですね」

　時間によっては交通手段まで変わることを調べていた陽に対し、真凛はかわいらしい笑みを向ける。

　真凛は、ここまで準備がいい男を他に知らないのだ。

「だって陽だもん。当然のことでしょ」

　そんな話をしていると、なぜか佳純がドヤ顔を真凛に向けてきた。

　そしてその隣で、凪沙が呆れた表情を浮かべる。

「いや、なんで君が自慢げなの？」

「うるさい」

凪沙がジト目を向けてきたので、佳純はプイッとソッポを向いた。

どうやら取り合わないことにしたようだ。

取り合うと、喧嘩になって陽に怒られると思ったのだろう。

その後、四人はシャトルバスに乗り、天空の鳥居を目指すのだが――。

「こ、この山道怖いです……」

山頂に天空の鳥居がある山へと入った真凛は、陽の隣の席で窓から外を眺めて怯《おび》えていた。

というのも、道が凄く狭いのだ。

ちなみに、陽の隣の席を真凛に盗《と》られた佳純は、頬を膨らませて拗ねている。

こちらは凪沙が相手をして、なんとか宥《なだ》めようとしていた。

それに、通路を挟んではいるけれど、一応陽の隣ではあるので爆発はしていない。

「そうか？　言うほどでもないだろ？」

「ですがこれ……下山の車と鉢合わせしたらすれ違えませんよ……？」

「だから他の車はこの時間帯出入り禁止なんだろうな」

「つまり、時間外に自分の車で来た場合は、この狭い道で対向車とすれ違わないといけない、と……？」

真凛は将来自分の車で来ることを想像し、対面から来た車とすれ違えずに動けなくなる光景を想像してしまった。

「ところどころ道が広がっている場所があるから、そこですれ違うんだろうな」

「自分で来るのは難しいかもしれませんね」

広がっている道でも自分ではすれ違えないと思った真凛は、困ったような笑みを浮かべた。

だから、陽は人差し指を立てて真凛を見る。

「天空の鳥居にはもう一つ行き方があるから、そっちから行けば怖い思いをしなくていいぞ？」

「えっ、そうなのですか？」

「あぁ、麓《ふもと》に車を止めて、歩いて登るんだよ」

「…………」

歩いて登ると言われ、真凛は固まってしまう。

この後陽が何を言うのかわかったのだろう。

「ちなみに、どれくらい歩きますか……？」

「駐車場がある下宮からだと、五十分ほどらしいな」

「無理ですよ。私、運動が苦手ですもん……」

登山に慣れている人や、普段から運動をする人間なら五十分の山道でもどうにかなるだろう。

しかし、普段運動をせずに苦手とする真凛《まりん》には、五十分もの山道を歩ける気がしなかった。

「まぁだから、こっちから行ってるんだよ」

陽、佳純、凪沙の三人だけなら歩きで登る道を陽は選んだかもしれない。

歩いて登るというのはそれはそれで、風景を楽しむことができるからだ。

何より、風を感じながら歩くのは気持ちいい。

しかし、真凛はそれに耐えられないと思ったから、車で行く道を陽は選んでいた。

「葉桜君は、本当にお優しいですね」

真凛にもそのことがわかったので、嬉《うれ》しそうにお礼を言ってきたようだ。

陽は真凛のお礼をむず痒《がゆ》く感じ、照れくさくなって困ったように頬を指で掻《か》く。

その仕草と表情を見た真凛は、また嬉しそうに微笑《ほほえ》んだ。

「……！……！」

だけど、そのやりとりは佳純からすると面白くない。

声に出すと怒られるので、無言のまま陽と真凛を交互に指さし、凪沙に『あのイチャイチャ何!?』と怒っていた。

凪沙は『どうどう……』と佳純を宥めるが、確かに佳純が言いたいこともわからなくはない。

（まるで、恋人みたいだな……。あの二人、意外と進んでるじゃないか）

二人のやりとりを見ていて、凪沙もそう思ってしまったのだ。

しかし、佳純を凪沙が必死に食い止めていることに気が付いていない陽と真凛は、他愛のない会話を続けていくのだった。

◆

「――きゅ、急坂です……」

シャトルバスを降りた真凛は、天空の鳥居がある本宮に続く坂道を見上げながら固まっていた。

傾斜がとてもきついのだ。

「生で見ると、やっぱ凄いな……」

さすがのこれには、陽も苦笑い。

真凛の横を見れば、佳純も無言で冷や汗をかいていた。

「こりゃあ足への負担も半端ないね」

そう言う凪沙だが、言葉とは裏腹に涼しい顔をしていた。

実は凪沙は山での修行も経験しており、このような坂を登るのは何度も経験があるので、驚きはしないのだ。

「とりあえず行こうか」

とやかく言っていても始まらない。

ここまで来て天空の鳥居に行かないわけにもいかないので、陽は歩き始める。

それに続いて佳純や凪沙も歩き始め、真凛も頑張って登り始めた。

しかし——。

運動神経がいい三人に比べて、運動神経が鈍い真凛は一歩進むごとに遅れてしまっていた。

「秋実《あきみ》、大丈夫か……？」

「だ、大丈夫です……。どうぞ、先に行ってください……」

真凛は頑張って足を動かしながら、陽たちに先へ行くよう促す。

傾斜が凄くきついとはいえ、そこまで長い坂ではない。

放っておいても追いついてくるだろう。

「……佳純、凪沙、先に行っててくれ」

だが、陽は真凛を置いて行くつもりはないらしい。

佳純たちに声をかけて、真凛のもとへと向かった。

それによって佳純はショックを受けて陽の後を追おうとするけれど、それを凪沙が肩を摑《つか》んで止める。

「ここは邪魔したら駄目だよ」

「でも……！」

「言いたいことはわかるけど、我慢して」

「…………」

止められた佳純《かすみ》は、シュンとして前を向く。

どうやら諦めて先に行くようだ。

凪沙《なぎさ》も佳純が思いとどまったのを見て、一緒に上へと登って行く。

「――腕を貸すよ、摑まるといい」

真凛のもとにまで戻った陽《よう》が腕を差し出すと、真凛は申し訳なさそうに顔をあげた。

「ごめんなさい、こんなことで足を引っ張ってしまって……」

「気にする必要はない。絶景を求めて行ってるんだから、こうなることだって普通にあるんだからな」

絶景はさまざまな条件下で見ることができるが、山などの高い場所から見られることが多い。

だから、こういった体の負担になることはあるのだ。

陽にとっては想定内のことなので、真凛が気にする必要はないという気持ちだった。

「ありがとうございます、陽君……」

真凛は陽の気遣いを嬉しく思い、ギュッと抱き着いてくる。

重量感のある柔らかい胸が腕に押し付けられて陽は息を吞《の》むが、真凛に余裕がなさそうなのでなるべく意識しないように努めた。

そして、真凛を引っ張り上げるような感覚で足を進めていく。

「しんどかったら遠慮なく言っていいからな？　無理されるほうが怖い」

こんな山の中で体調不良などになった場合、病院に中々行けず治療がかなり遅れてしまう。

真凛は体への負荷でしんどくなっているだけだが、彼女の場合体調不良でも無理する可能性があるので、陽はそう伝えたのだ。

「私、ご迷惑かけてばかりですね……」

他人に迷惑をかけることは真凛にとってかなり辛《つら》いものなのだろう。

牛窓に行った時も海で真凛は陽に助けられているし、その前も丘から落ちそうになった時や、帰り道の下り坂で転びそうになった時、陽に助けられている。

それらのことを気にしているせいで、真凛は弱々しくなっていた。

そんな真凛に対して、陽は手を伸ばす。

そして――。

「迷惑だと思ったことはないから、気にしなくていい。秋実にとっては慣れないことをしているんだから、こうなるのは仕方ないんだよ」

優しく、頭を撫《な》でた。

「あっ……」

陽に頭を撫でられたことで真凛は顔を真っ赤にしながら固まってしまう。

しかし、手を振り払うようなことはしない。

むしろ、嬉しそうに受け入れてしまった。

「ありがとうございます……」

「――っ。別に、大したことじゃない」

頬を赤く染めて、熱っぽい瞳を向けられた陽は思わず息を呑んでしまった。

だが、なるべく平静を装って歩を進める。

真凛は陽に抱き着いて歩く中、前を見るのではなく下を向いて歩いていた。

その顔はやっぱり真っ赤に染まっている。

(だ、だめです……気持ちが、抑えられません……。私、やっぱり陽君のことが……)

薄々自分でもそうじゃないかと思っていたが、ついに確信へと変わってしまった。

真凛は、陽への気持ちを自覚してしまったのだ。

そして、今の時間を凄《すご》く幸せに感じてしまう。

「――秋実、着いたぞ」

「えっ……？」

陽にくっついていることを喜んでいると、気が付けば頂上に着いてしまった。

そこには凪沙と佳純が立っており、それぞれ違う表情を浮かべている。

凪沙は仕方なさそうに笑っているのだが、佳純は小さく頬を膨らませて涙目になりながらこちらを睨《にら》んでいたのだ。

真凛が陽の腕に抱き着いていることが、羨ましくて悔しいのだろう。

「あ、ありがとうございました、陽君……！」

陽とくっついてるところを見られたことで急激な恥ずかしさを感じた真凛は、慌てて、陽の腕から離れた。

しかし、その時言ってしまった言葉で、佳純が目を吊《つ》り上げる。

「陽、君……？」

「あっ……」

ついに真凛は佳純の前で陽を下の名前で呼んでしまい、そのことに気が付いた佳純の表情が一変したのだ。

下の名前で呼ぶということは、それだけ親しい間柄になっていることを意味する。

陽のことが大好きで他の女子に近寄ってほしくない佳純が、そのことに目くじらを立てるのは当然の成り行きだった。

だから陽も、真凛に人前では呼ぶなと言っていたのだ。

「秋実さん、いつから陽のことを下の名前で呼んでいたの？」

不機嫌になった佳純は真凛に詰め寄ってくる。

そんな佳純から真凛は気まずそうに目を逸《そ》らした。

「つ、ついこの間からです……」

いい子ちゃんであるが故に嘘《うそ》をつけない真凜は、先程助けてもらったことで呼ぶようになったと言えばいいものを、正直に答えてしまった。

それにより、更に佳純は不機嫌になる。

「ふ〜ん……つまり、前から呼んでいたのに隠してたわけね。何かやましいことでもあるのかしら？」

「べ、別にやましいことはなくて……！」

探りを入れる佳純に見つめられた真凜は、顔を赤くしながら慌てて首を横に振る。

だが、その仕草こそが佳純の目には怪しく映るのだ。

「俺が人前では呼ぶなって言ったんだよ。秋実が悪いわけじゃない」

さすがにこの空気はまずいと思った陽は、真凜を背に庇《かば》うようにして佳純と向き合う。

そのため、佳純の矛先は陽に向かった。

「どうして隠したの？　やましいことがあるから隠したのよね？」

「根本《ねもと》が——いや、佳純がそうやって怒るからだろ？　なんで呼び方一つで怒られなきゃいけないいんだ？」

陽はなるべく佳純を刺激しないように、あえて普段呼んでいる下の名前で呼び、優しい声で答えた。

元々陽が真凜の前で佳純を苗字《みようじ》呼びしていたのは、佳純を嫌う真凜に対する気遣いだったのだが、ここは佳純を宥《なだ》めることを優先したようだ。

「だって、下の名前だと……」

怒るのではなく優しい声で陽に言われたことで、佳純は怒りをぶつけられなくなってしまった。

だから困ったように視線を彷徨《さまよ》わせ、言葉も途中で切ってしまう。

「俺と佳純だって下の名前で呼んでいるんだ。秋実が俺のことを下の名前で呼んでも、何も問題ないだろ?」

「それは……」

佳純はチラッと真凛《まりん》を見る。

本当なら、声を大にして嫌だと言いたい。

しかし、陽と自分は付き合っていないのだ。

それなのに、下の名前で呼ばないでほしいと言っても通じるはずがない。

ましてや、陽には散々喧嘩《けんか》をしないよう釘《くぎ》を刺されている。

これ以上突っかかれば、切られるのは自分だとわかってしまった。

「ぐすっ……」

言いたいことを言えなくなった佳純は、勝手に目から涙が出てしまった。

それにより、真凛は動揺して陽の顔を見上げる。

「あの、葉桜《はざくら》君……」

「いや、もういいよ。これからは下の名前で呼んでいい」

今まで一番の懸念だった佳純に知られた以上、陽は隠す必要がないと思って真凛にそう伝えた。

それよりも、問題は佳純のことだ。

佳純と秋実の二人を仲良くさせたい陽は、このまま佳純を我慢させて終わらせるわけにもいかない。

今ここで我慢をさせても、いつか爆発するのは目に見えているからだ。

「秋実、凪沙と一緒に先に参拝してきてくれるか？」

天空の鳥居は、高屋神社という神様を祀《まつ》っている神社にある。

ご利益は海上安全をはじめ、水難除《よ》けや交通安全、安産祈願など幅広くあるらしく、ここに来た以上参拝をするべきだろう。

だからそれをしてこい、と陽は促した。

「ですが……」

涙を浮かべる佳純が気になる真凛は、陽の指示に従おうとしない。

このままここを離れるのには抵抗があるようだ。

すると、凪沙が真凛の後ろから両肩を摑む。

「いいからいいから、僕たちは先に行こうよ」

「な、凪沙ちゃん!?　あっ、お、押さないでください……！」

抵抗しようとする真凛だけど、身長が変わらなくても体の鍛え方が違うので、凪沙に連れて行かれてしまった。

陽は二人が離れたことを確認して、佳純に視線を戻す。

「佳純に嫌な思いをさせているのはわかってる。だけど、前にも言ったようにこれは佳純にとって罰だ。だから受け入れてくれ」

陽は自分が人として酷《ひど》いことを言っているとわかっていながらも、佳純に我慢するように求める。

それにより、佳純は涙目で陽の顔を見上げて何かを訴えてきた。

その目は陽に縋《すが》っているように見える。

そんな佳純に対して、陽はゆっくりと手を伸ばした。

「その代わり、ちゃんとこういうふうに甘やかして佳純の不満が消えるように努める。それじゃあ駄目か？」

真凛を優先する以上、佳純に不満を持たせることは避けられない。

だけど陽は、不満が募るのならそれを解消すればいいという答えを導き出した。

それは昨日の衝突時から考えていたことなのだが、夜に佳純を甘やかした時の態度からいけると判断したのだ。

だから今も、頭を撫でて甘やかしている。

現に佳純は――

「んっ、えへへ……」

——先程まで涙目だったのが嘘かのように、デレデレの表情を浮かべていた。

「それでいいか？」

「んっ！　陽《よう》が甘やかしてくれるなら私はそれでいい！」

どうやら佳純《かすみ》は、真凛が陽と仲良くすることよりも、自身が甘やかされることのほうが優先順位は高いらしい。

真凛が遠ざかっても自分が甘やかしてもらえないのなら、佳純にとって意味がないのだろう。

だからこんなふうに甘やかされるのであれば、むしろ真凛の存在を受け入れるようだ。

「あぁ、よかったよ。ごめんな、無理させて」

佳純が受け入れてくれたことで、陽は安堵《あんど》して優しい声を出す。

すると、嬉《うれ》しくなった佳純が抱き着いてこようとしたのだが——。

「さすがにそれは駄目だ」

こんな、いろんな人の目があるところで抱き着かれるのは困るため、陽は躱《かわ》してしまった。

「むぅ……！」

そのせいで佳純は頬をパンパンに膨らませて拗《す》ねてしまうけれど、先程の嫉妬にまみれた表情とは違い、子供みたいにかわいらしく拗ねている感じだ。

そのため陽は気にせず、神社に向けて歩き出した。

「秋実《あきみ》たちを待たせているから、行こう」

「もう、相変わらず焦《じ》らしばかりするんだから……」

不満げな佳純ではあったが、甘やかしてもらえたのが嬉しかったのか、少し頬を緩めながら陽の後を追うのだった。

◆

「――わっ、綺麗《きれい》……」

参拝を終えた陽たちと共に天空の鳥居を見た真凛は、天空の鳥居の向こうに広がる景色に思わず声を漏らした。

そこからはミニチュアかと思うほどに小さくなった建物たちと、真っ青に染まった綺麗な海が見える。

その海は、まるでどこまでも広がっているかのように終わりが見えない。

かなり遠くにうっすらと山が見えはするが、到底距離なんて測れるものではなかった。

「昼間も来てみてよかったな。この青い海や、緑に彩られる山や田んぼなんかの自然は、夕陽《ゆうひ》の時には見えないからな」

夕陽の時間になってしまうと、光が届くところはオレンジ色に染まって綺麗になるが、届かないところは影が差してしまう。

それはそれで趣があって綺麗なのだけど、やはり受ける印象は違うのだ。

だから、陽はこの緑豊かな光景も見られてよかったと思った。

「田舎——と言うと、人によっては失礼に感じちゃうかもしれないけど……普段人が溢《あふ》れてにぎやかな都会に住んでいる僕からすると、こういった落ち着いた雰囲気には憧れがあるよ」

凪沙《なぎさ》も気に入ったらしく、珍しくも感傷的な表情を浮かべていた。

生まれも育ちも東京なので、こういった自然には思うところがあるのだろう。

その隣では、佳純がスマホを取り出して景色を写真に撮っている。

記念に残しておきたいのだろう。

そんな佳純を陽が見つめていると、佳純の視線がこちらに向いた。

そして、クイクイッと陽の服の袖を引っ張ってくる。

「陽、一緒に撮ろ？」

どうやら陽とツーショット写真を撮りたいようだ。

佳純は陽との写真をコレクションしているので、そのチャンスは逃せないのだろう。

こんなふうに佳純が写真を撮りたがるのは昔からなので、陽も拒んだりはしない。

「凪沙、写真お願い」

陽が頷《うなず》いたのを確認すると、佳純は嬉しそうにスマホを凪沙へと預けた。

そして、陽と共に天空の鳥居をバックに並んだ。

「はい、ちーず」

凪沙も慣れたもので、流れるように二人の写真を撮っていく。

佳純は陽と久しぶりに写真が撮れるのが嬉しいのか、次から次へと背景を変えて、写真を撮りまくった。

そんな中、一人馴染《なじ》めない人間がいた。

「………………」

佳純たちの行動に慣れていない真凛は、どうしたらいいのかわからず陽と佳純を見つめていたのだ。

本当は自分も陽と写真を撮りたかったけれど、邪魔をするのが悪くて言葉にできない。

チラッと凪沙を見てみるものの、凪沙も写真を撮ることに集中しているようで気が付いてくれなかった。

だから、ジッと陽たちを見つめているのだ。

そうしていると、あらかた写真を撮り終えて満足した佳純が、陽を解放して凪沙のもとにスマホを取りに来た。

「凪沙、ありがとう」

「どういたしまして。昔、散々君に写真を撮らされていたから、慣れたものだよ」

「勝手に私たちの行き場所を調べて、先回りしたりしたからでしょ。あれはストーキングに遭った対価よ」

「またそういう憎まれ口を叩《たた》くんだから……」

佳純はスマホを受け取りつつ、凪沙とまた軽い口喧嘩を始めたようだ。

鳥居の近くにいる陽は、二人の様子に気が付かず景色を眺めている。

だから真凛は、意を決して陽のもとに向かった。

「あ、あの、陽君……私とも、写真を撮って頂けますか……？」

陽のもとに着いた真凛は、人差し指を合わせてモジモジとしながら、顔を赤くしてお願いをしてきた。

その行動に陽は少し驚いたけれど、記念写真がほしいんだなと結論付ける。

「凪沙じゃなくていいのか？」

「あっ……えっと、凪沙ちゃんには後で一緒に撮ってもらいます……」

急に凪沙の名前が出てきたので真凛は戸惑うものの、ここで否定して陽とだけ撮ったりすると変に思われるため、小さく頷いた。

それにより、陽は凪沙へと視線を向ける。

「凪沙、悪い。また写真撮ってくれるか？」

「おっけー！　僕のスマホで撮るから、後で送っておくよ！」

わざわざスマホを渡しに来るのは手間だろうと思い、凪沙はそう返事をした。

その隣では、積極的になった真凛に佳純が驚いて焦ったような表情を浮かべたが、どうやら止めに来るつもりはないらしい。

むしろ、これをネタにまた後で甘やかしてもらえると、悪だくみを考えたような笑みを浮かべた。

それから真凛《まりん》と陽は背景を変えながら数枚写真を撮り、凪沙たちのもとに戻ってくる。

「せっかくだ、凪沙も秋実と写真を撮れよ」

「えっ？　いいよ、僕は別に。風景の写真はもう撮ったし」

「いいから、行け」

そう言って、陽は凪沙の背中をポンッと押す。

凪沙は不思議そうに首を傾《かし》げたけれど、陽に促されたので従うことにしたようだ。

真凛を連れて、凪沙は背景がいいように映る場所へと移動をした。

おそらく、この場において陽の行動の意味を理解したのは佳純一人だろう。

(そっか、陽は勘違いしてるんだった……。ふふ、それなら陽が秋実さんに手を出すことはなさそうね)

陽がどういう人間かを理解している佳純は、陽の気持ちが真凛に行くことがないと思った。

だからもう本当に、真凛に対して余計なことをしないと心に決める。

むしろ、真凛が陽といちゃつけばいちゃつくほど自分が甘やかしてもらえるなら、もっといちゃつけばいいと思った。

それから凪沙と真凛の写真を数枚撮ると、今度、陽は佳純に視線を向けてきた。

「佳純も、行ってこいよ」

「えっ、なんで私……？」

「折角の記念だから、友達と撮るのも必要だよ」

友達と言われ、佳純は思わず首を傾げてしまう。

そんな佳純に対して、陽は困ったように笑った。

「いいから、行っておいで。こういうのも大切だから」

「でも、二人が撮りたがらないと思うけど……」

佳純が反発しないように陽が優しく言うと、佳純は困ったように俯《うつむ》いてしまった。

自分が二人から嫌われていると思っているのだろう。

だから陽は、階段の下で真凛と話している凪沙へと視線を向ける。

「凪沙、佳純も交ぜて写真撮ってくれるか？」

「なんでわざわざそんなこと聞いてくるの？　駄目って言う訳ないじゃん」

「あっ……」

凪沙が仕方なさそうに笑って返すと、佳純は意外そうに声を漏らす。

そんな佳純の背中を陽はソッと優しく押した。

「行っておいで」

「……んっ」

凪沙が『むしろ駄目な訳ない』という感じで返してくれたのがよかったんだろう。

佳純は頷いて凪沙たちのもとに向かった。

真凜の反応が気になるところだったが、こういう時真凜が他人を拒絶するはずがなく、笑顔で佳純を受け入れてくれたようだ。

だから、三人仲良く写真を撮る。

（この調子なら、うまく行きそうだな……）

真凜と佳純の距離が自然と縮まっていることに気が付き、陽は人知れず笑みを浮かべたのだった。

――その後、動画撮影のため佳純と凪沙が真凜と共に駐車場に戻り、陽は一人撮影をする。

そして用事を済ませた陽が合流すると、四人は天空の鳥居を後にして銭形砂絵を見に行くのだった。

◆

「――これが骨付鳥、ですか……」

丸亀市《まるがめ》にある有名な骨付鳥のお店を訪れた真凜は、目の前に置かれたひなどりの大きなモモ肉を見て驚いてしまう。

こんな料理を見るのは初めてだった。

「おいしそうでしょ？　骨部分にテーブルに備え付けてある紙を巻いて、手に取ってかぶりつきながら食べるんだよ」

骨付鳥を食べるのを楽しみにしていた凪沙は、ニコニコとご機嫌な様子で真凜に食べ方を教える。

すると、普段かぶりつくという食べ方をしない真凜は、戸惑ったように陽《よう》の顔を見た。

「どうした？」

「い、いえ……」

せめて、陽がいなければ……真凜は思わずそう思ってしまう。

料理にかぶりつく姿を陽に見られるのは恥ずかしいと思っているようだ。

そんな時、意外なところから助け船が出る。

「これはお店が推奨する作法よ？　むしろ、従わないことのほうが失礼で、恥ずかしいことだと思うわ」

そう言ったのは、口調からわかるように佳純《かすみ》だった。

そして佳純は、まるで手本を見せるかのように骨付鳥にかぶりつく。

しかし、小さくかぶりついているからか、食べ方は上品に見えた。

「佳純の言う通りだな。他にも、この骨付鳥に付いているキャベツや、骨付鳥と一緒に注文したおにぎりも、骨付鳥の皿にあるタレに漬けて食べるんだ。普段そういう食べ方をしないと思うけど、これはお店が勧めている食べ方だよ」

陽はそう言いながら、テーブルに置かれてあった『骨付鳥の食べ方』というシートを見せた。

そこには凪沙と陽が言った食べ方が書かれており、真凛は陽たちが嘘《うそ》を言っていないことを理解する。

だから意を決して、骨付鳥を手で持った。

「それでは……」

パクッ——。

真凛は、佳純と同じように小さく骨付鳥にかぶりついた。

すると、驚いたように目を見開く。

モグモグ、ゴクンッと口にあったものを飲み込むと、真凛はすぐさま口を開いた。

「お、おいしいです……！　お肉は柔らかくてジューシーですし、スパイスが効いた辛めの味付けがおいしいです……！」

どうやら真凛は凄《すご》く気に入ったようだ。

幼い見た目をした真凛が興奮気味に食レポをするので、他の三人は見ていて思わず頬が緩みそうだった。

「結構辛いけどね、そのためにもキャベツがあるんだと思う」

キャベツの甘みで骨付鳥の辛さを軽減しているんじゃないか、と凪沙は思っているようだ。

だけど、お店の人に聞いたことはないので、真意はわからない。

「おにぎりもタレに漬けて食べてごらん」

凪沙《なぎさ》はおにぎりを食べるように真凛へと促す。

真凛は箸でおにぎりを摘《つ》まみ、骨付鳥の皿に沢山あるタレへとつけて口に含んだ。

すると――。

「～～～～っ」

言葉にしがたいくらい、おいしかったようだ。

普段ご飯にタレをつけたりして食べない真凛にとっては、骨付鳥から出た油が絡んだタレにおにぎりを漬けて食べるという行為は、凄く衝撃的なものだったのだろう。

「どうしよう、秋実《あきみ》さんがかわいすぎる……」

真凛を見つめていた佳純は、子供のようにはしゃぐ姿に胸を打たれていた。

そのせいで悶《もだ》えているようだ。

「今回は俺たちがよく食べるひなどりをおすすめしたけど、もし次来る機会があれば、親鳥のほうも食べてみるといい」

そんな中、真凛が喜んでいる姿が嬉《うれ》しかった陽も、思わず口を挟んでしまう。

「親鳥はどう違うのですか？」

「ひなどりは柔らかくて食べやすいんだけど、親鳥は固いんだ。その代わり、噛《か》めば噛むほど肉汁とかが出てくるから、味に深みが増すんだよ」

味に深みが増すというのはあくまで陽の主観ではあるけれど、親鳥には親鳥の良さがあるのだ。

実際、親鳥のほうを好んで食べる人たちも多い。

「なるほど……それでは、次来た時は親鳥のほうを食べてみたいですね……」

陽の言葉を聞いて親鳥に興味を持った真凛は、チラッと上目遣いで陽を見てきた。

それにより、佳純と凪沙は『真凛がおねだりをした』と驚くのだけど、肝心の陽には伝わっていない。

「あぁ、岡山からは比較的近いし、また来るといい。もしくは、岡山に売りに来た時に買うといいぞ」

陽とまた一緒に来たいという意味で真凛は言ったのに、陽がそう返したので、真凛は仕方なさそうに笑みを浮かべるのだった。

◆

「――さて、丸亀城に行こっか！」

食事を終えてお店を出ると、凪沙は元気よく両手を広げていた。

「元気いいなぁ。そんなに城が好きだったか？」

「戦国時代とか武将が好きだから、お城も好きだよ」

「ふ～ん」

凪沙が武将好きだというのは初めて聞いた気がするが、思えば城が近くにあるところへ撮影に行った時、よく連れて行かれていた。

だから昔から好きなのだろう。

そんなやりとりをしながら、タクシーで丸亀城に向かったのだけど――。

「ま、またこの坂ぁ!? もういい加減にしてよ……!」

傾斜のきつい坂が一同の前に立ちふさがり、佳純は思わず文句を言ってしまった。

「多分、角度的には天空の鳥居よりマシだろうけど……大分長いな、これ……」

「まぁまぁ、いいじゃんいいじゃん。高い分登れば、いい景色が見えるよ。天守閣にも登れるらしいしね」

一人はしゃぐ凪沙は、身軽な様子で坂を登っていく。

その後に不満げな佳純も続くが、陽は歩き出さずに真凛を見た。

「腕貸そうか？」

「あっ……はい、お願いします」

この坂は真凛にきついと思った陽が声を掛けると、真凛は頬を赤くして嬉しそうに頷《うなず》いた。

そして、陽の腕に抱き着いてくる。

天空の鳥居の時は申し訳なさそうだったけれど、もう考え方を切り替えたのだろう。

二人はそのまま坂を登っていく。

「──二人とも見てみなよ、いい景色だよ」

坂を登りきると、先に着いていた凪沙が手招きをして呼んできた。

だから二人は、途中で不満そうにこちらを見ている佳純を回収して凪沙のもとへ向かう。

すると、辺り一面に街が広がっていた。

「わぁ、ここもいい眺めですね……」

「そうでしょ？　あそこに瀬戸大橋があるんだけど、その手前に一つだけ他の建物よりも圧倒的に大きいのがあるのわかる？」

「あっ、わかります。ちょっと緑っぽい建物ですよね？」

「うん、そうだよ。あれがゴールデンタワーなんだ」

「へぇ、あれが……登れるんですよね？」

「そうそう、この後はあそこに行くから楽しみにしてて」

凪沙と真凛《まりん》はゴールデンタワーを見つめながら、楽しそうに話をしていた。

その光景を陽が満足げに見つめていると、クイクイッと誰かに服を引っ張られる。

だからそちらに視線を向けると、佳純が物欲しそうな目で見上げてきていた。

「秋実さんとくっついたんだから、一回分……」

「あぁ、わかったよ」

陽は真凛たちがこちらを見ていないことを確認し、優しく佳純の頭を撫《な》でる。

それにより、佳純は嬉しそうに頬を緩めて頭を預けてきた。

この調子なら、もう佳純が真凛に突っかかることはないだろう。

「さて、天守閣登りに行こっか」

「――っ」

陽が佳純の頭を撫でていると、景色に満足した凪沙がこちらを振り返った。

陽は瞬時に佳純の頭から手をどけて、距離を取る。

「……？」

陽と佳純の様子が変だったので、真凛は不思議そうに首を傾《かし》げる。

自分たちが見ていない間に何かしていたのではないか、と疑問に思う真凛だが、彼女でもない自分にとやかく言う資格はないので聞くのを我慢した。

そうしていると、三人が天守閣目掛けて歩き始めてしまったので、慌てて後を追う。

そして追いついた真凛は、天守閣がどんな感じなのか楽しみに歩くのだけど――。

「こ、怖いです……！」

お金を払って天守閣に入ったものの、傾斜が急な階段を見て怯《おび》えてしまった。

足場もあまり広くないのと、取り付けてある木の階段が壊れないかで心配なのだろう。

「後ろにいてやるから、安心して登れよ」

このままでは真凛が登れないと思った陽は、真凛の後ろへと回った。

陽が後ろにいることで安心したのか、真凛は慎重な足取りで登っていく。

こうして真凛は登ることができて、天守閣から見える景色を楽しんだのだが――。

「お、下りるほうがもっと怖いです……！」

下りる階段のほうが下をもろに意識してしまい、真凛は再度怯えることになった。

もちろん、これも陽が先に下りて万が一の場合は受け止めるように待機したので、真凛はなんとか降りられたのだが。

ただ、この光景を見ていた佳純と凪沙はこう思った。

（（なんだか、お父さんと娘みたい……））と。

◆

「――ゴールデンタワー、近くから見ると更に大きいですね……」

丸亀城《まるがめ》を後にした四人は、まず水族館に行き、中を満喫した後向かい側にあったゴールデンタワーへと来ていた。

「そうだな。とりあえず、中に入ろう」

陽が歩き始めると、三人は陽の後に続いて歩いて行く。

中に入ると、一階はショップになっているようでお土産品が売られていた。

その奥には受付が二つあり、片方は天空のアクアリウムで、もう片方はプレイパークのようだ。

プレイパークは子供たちがメインに遊ぶ場所のように思われる。

「天空のアクアリウム……ロマンチックですね」

こういうロマンがあるものが真凛は大好きなので、かわいらしい笑みを浮かべていた。

「真凛ちゃんが一番女の子らしいよね」

そんな真凛を見た凪沙がそう評するのだが、それによって佳純《かすみ》がムッとした表情を浮かべる。

「私だって、こういうロマンチックなものが好きよ？」

「君の場合……いや、なんでもないよ」

『何をおいても陽《よう》君が一番でしょ』という言葉を凪沙はなんとか飲み込んだ。

佳純は、目の前に綺麗《きれい》な景色が広がっていようと、視線は陽に向いてしまう人間だ。

だから、素直に楽しむことができる真凛のほうが、女の子らしいと凪沙は思ったのだろう。

凪沙が言葉を飲み込んだので佳純は不満げに見てくるが、陽がポンポンッと頭を優しく叩《たた》くと、途端におとなしくなった。

その光景を見た凪沙は——。

（やっぱり、犬みたい……）と、佳純に対して思ってしまった。

その後四人は料金を支払い、天空のアクアリウムへと入っていく。

するとそこの壁には、音楽と共に無数の金魚の映像が映し出されていた。

部屋の中心には、ライトアップされた大きな金魚鉢が置かれており、沢山の色鮮やかな金魚が泳いでいる。

「す、凄《すご》い……」

真凛は口元に手を当てながら、鮮やかな演出に心を躍らせる。

陽たちも真凛と同じ印象を抱き、黙って演出を楽しむことにした。

数分後、満足した陽たちは部屋にあったエレベーターへと乗る。

「――五階ってことは、上まで登れないんですね……」

行き先が五階だと知った真凛は、残念そうに表情を曇らせた。

折角高いタワーに来ているのだから、上のほうまで登ってみたかったのだろう。

しかし、そんな真凛を見て凪沙はニヤッと笑みを浮かべた。

「大丈夫だよ、真凛ちゃん。五階と言っても、地上から百二十七メートルの高さにあるらしいからね」

「えっ!? 五階なのにですか!?」

「ガラス張りだから外から見ると高層ビルみたいだけど、実際は中間層には鉄骨があるだけらしいんだ。だから、頂上の階が五階なんじゃないか？」

真凛が凄く驚いていたので、陽はネットで調べた情報を真凛へと教えた。

すると、役割を奪われた凪沙が恨めしそうに陽を見てくる。

その間にもエレベーターは昇り続け――ついに、五階に辿《たど》り着いた。

「わっ、綺麗……」

五階のテーマは『宇宙』。

金魚と鏡、そしてミラーボールで演出された万華鏡により作られた空間は、まるで異次元のようだった。

ちなみに、四階のテーマは『地球』らしい。

「写真、撮ってもよろしいのでしょうか……？」

「入る時に書いていた禁止事項の中に、撮影禁止はなかったからいいんじゃないか？　まぁでも、念のためフラッシュは焚《た》かないようにな」

「はい……！」

陽の言葉を聞いて、真凛は嬉《うれ》しそうにスマホで写真を撮り始める。

すると、クイクイッとまた佳純が陽の服を引っ張ってきた。

「どうした？」

「写真、撮ろ？」

佳純は小首を傾げながら、上目遣いにそう言ってきた。

どうやら、また〝一緒に〟撮りたいようだ。

佳純のおねだりを聞いた陽は、また凪沙《なぎさ》に写真を撮ってもらう。

そしてこのことがキッカケで、真凛と凪沙も交えて、みんなで代わる代わる写真を撮った。

「あっ、見てください……！　窓の中に金魚ちゃんたちがいますよ……！」

窓から景色を見ようと真凜が視線を向けると、金魚たちが窓の中で泳いでいることに気が付いた。

窓の中で自由に泳ぐ金魚たちを見た陽は、よくこんな発想になるものだと感心する。

「地上百二十七メートルで、金魚と共に見える景色……こういうの、好きだな……」

「………………」

窓から見える景色を眺めながら、金魚も一緒に楽しんで満足げな表情を浮かべる陽を、真凜はジッと見つめていた。

そして、佳純と凪沙が金魚を見ながら話していることを確認すると、ソッと服の袖を引っ張る。

「どうした？」

「その……ちょっと、顔を貸してください」

陽が真凜のほうを見ると、自分に顔を近付けるように陽へと指示をした。

それによって陽は不思議そうに顔を近付けると、真凜はスマホのカメラをインカメラへと切り替える。

そして――。

「はい、ちーず」

ゴールデンタワーから見える景色を背景にして、陽と自分だけをまるでカップル写真のように撮った。

さすがにこの行為には陽も驚く。

すると、真凛は照れたように陽から離れ――

「大切な記念です♪」

――口元をスマホのカメラで隠しながら、上目遣いにそう言ってきたのだった。

◆

「――う～ん！　もう終わりが近付いちゃってるのかぁ」

現在陽たちは、ゴールデンタワーを後にして再び天空の鳥居へと向かっていた。

つまり、この後は天空の鳥居と銭形砂絵を見たら、ご飯を食べて帰るだけなのだ。

ちなみに四人にとって一つ誤算が起きていた。

それは、香川県のうどん店は閉まるのが早いということだ。

移動中、陽がふと気になって調べたら、ほとんどのうどん店が昼過ぎには閉まっていた。

もしかしたら、探せばまだ開いているところはあるのかもしれないけれど……真凛が、

『今度来る時の楽しみが増えました』と言ったことで、陽たちは今回うどんを諦めることにしたのだ。

一番食べたかったであろう真凛が気遣いを見せてくれたことに関して、他の三人は真凛

のことを、『やっぱりいい子だな……』と思った。

そんなことがありながら、今はタクシーの中にいる。

「対向車、いっぱい来ますね……」

先程から少し進むとすぐに下りてくる車と鉢合わせてしまい、真凛《まりん》は困ったように笑いながら陽を見上げた。

幸いタクシーなので、運転手の技術が高く、すれ違えないという事態にはなっていない。

しかし、真凛は自分でこようとした時のことを考えて、車で来るのはやはり難しいと思った。

「まぁ人気の観光スポットなんだから仕方ないな。嫌なら歩いて登るしかない」

「天空の鳥居からまっすぐ下りていた階段から登って行くのですよね……？　実際に上って来てる方々はいらっしゃいましたが、凄く大変そうです……」

真凛たちが昼間に天空の鳥居を訪れた時、正面に下へと続く階段があった。

景色を眺めていると、そこから上ってくる人たちがいたのだ。

だから当然上ってくるのは不可能ではないのだけど、下に続く階段の終わりが見えなかったこともあり、真凛は自分には無理だと思った。

そのため、もし夜に来る場合は、陽が運転してくれたらいいなぁっとヒッソリ思う。

そんな会話をしていると、再び天空の鳥居の駐車場に着いた。

陽はタクシーの運転手に待って頂くようにお願いし、一旦タクシーを降りる。

すると、佳純と凪沙は歩き始めたのだが、真凛だけは陽を待ってジッと見つめてきていた。

「どうした？」

「その……また、腕を貸して頂いてもよろしいでしょうか……？」

真凛が陽を見ていた理由は、昼間同様に腕を貸してほしかったからのようだ。

今日一日で、真凛は随分と自分の要求を言えるようになったらしい。

「もちろんだ」

陽は真凛へと腕を差し出す。

それにより、真凛は嬉しそうにすぐ陽の腕へと抱き着いてきた。

（――プラス一回……）

陽たちに視線を向けていた佳純は、真凛が陽にくっついたことでまた甘やかしてもらえる回数が一回分増えた、と内心喜ぶ。

「なんだか、随分とおとなしくなったね？」

真凛が陽にくっついても途中から全然怒らなくなった佳純を見て、凪沙がそう尋ねる。

すると、佳純は勝ち誇ったかのように笑みを浮かべた。

「器の大きい女でいようと思ったの。たかがくっついたりしてるくらいで、目くじらを立てたりはしないわ」

「えぇ……今まで散々立てていた子が何を……？」

余裕を見せる佳純だが、その余裕が凪沙には納得できなかった。

ちょっとのことで嫉妬して場をかき乱していたのに、いったい何でここまで心変わりしたのかが気になる。

少なくとも、佳純はなぜか勝利を確信しているようだ。

「まぁ、君がそれでいいならいいけど」

しかし、ここで下手なことを言ってまた佳純が真凛に突っかかるようになると困る。

そうなったら、百パーセント自分が陽に怒られるだろう。

だから下手なことは言わず、静観することにした。

――上ではそんな会話が繰り広げられているなど知らず、真凛は甘えたそうに陽の顔を見上げる。

「今日、沢山遊べましたね」

「そうだな……体は大丈夫か？　今日は坂を登ってばかりだったからな」

「ふふ、陽君のおかげで大丈夫です。今も、こうしてもたれさせて頂いていますし」

真凛は甘えるようにコツンッと頭を陽の肩に当ててきた。

いや、実際甘えているのだろう。

「秋実《あきみ》……？」

「私、正直不安だったんです。凪沙ちゃんはともかく、根本《ねもと》さんと一緒に行動すると、また喧嘩《けんか》になるんじゃないかって」

「…………」

「でも、なんだかんだ言って楽しかったです。根本さんも、私のフォローをしてくださいましたし」

それはおそらく、骨付鳥のお店のことを言っているのだろう。

素っ気なかったけれど、佳純《かすみ》が真凜のために率先して食べたということを真凜も理解していたようだ。

「ですから、陽《よう》君が根本さんも一緒に連れて行きたいのであれば……私はもう反対しません。……本当は、陽君と二人キリがいいですが……」

佳純のことを認めた後、真凜はボソッと本音を呟《つぶや》く。

しかし、小さすぎて陽には聞き取れなかった。

「それじゃあ、これからも四人で行動するってことでいいんだな？」

「はい……ただ、その代わり一つお願いを聞いて頂けませんか？」

「いったいなんだ？」

「その……陽君って、凪沙ちゃんも根本さんも下の名前で呼んでるではないですか……。ですから、その……わ、私のことも、真凜っと呼んで頂ければと……」

真凜は恥ずかしそうに顔を伏せながら、陽にそうお願いをしてきた。

まさかそんなお願いをされるとは思わず、陽は面喰《めんく》らったように真凜を見る。

「どうしてだ……？」

「そ、それは、その……ほ、他のお二方は下の名前で呼ばれているのに、私だけ苗字《みようじ》呼びですと、疎外感があるんです……！　だから、統一して頂きたいなっと……！」

陽に聞かれた真凛は、目をグルグルと回しながら必死に言い訳を考えた。

そしてこういう時鈍感な陽は、真凛の言葉を鵜呑《うの》みにしてしまう。

「なるほどな……確かに言われてみればそうだ。それじゃあ……真凛、でいいか？」

若干照れくさく感じた陽は、真凛の耳元で名前を呼んでみる。

すると――。


「～～～～～っ！」

真凛は、顔を真っ赤にして悶《もだ》えてしまった。

下の名前を呼ばれる嬉しさと、耳元で囁《ささや》かれたことで限界突破してしまったようだ。

「お、おい、大丈夫か……？」

頭から湯気を出しながら両手で顔を押さえる真凛に対して、陽は顔を覗《のぞ》き込む。

それにより、陽と至近距離で目が合った真凛は更に悶えてしまった。

「も、もう、許してください……」

これ以上は耐えられないと思った真凛は、顔を真っ赤にしたまま陽に許しを請う。

しかし、陽は何を許してほしいのかがわからず、首を傾《かし》げてしまった。

「――お～い、二人とも何してるの～？」

陽によって真凛が悶えさせられていると、二人が全然こないことを不思議に思った凪沙が戻ってきた。

その隣では、佳純も不機嫌そうに陽たちを見つめている。

どうやら二人が中々こないせいで、いちゃついているのではないかと怪しんだようだ。

少しの間なら我慢できるけれど、長時間は許せないのかもしれない。

「悪い、蛇が出て驚いてただけだ！」

「大丈夫なの⁉」

「大丈夫、もう追い払ったから！」

「じゃあ、早く上がっておいでよ～！」

「わかった！」

陽は真凛に視線を戻す。

「行けるか？」

「は、はい……！」

真凛はコクコクと一生懸命頷《うなず》く。

陽はなるべく真凛の負担にならないよう気を付けながら、少しだけ歩く速度を上げた。

そして、頂上に着くと——。

「わぁ……綺麗《きれい》……」

夕陽《ゆうひ》に照らされる街と海を見た真凛は、うっとりとした表情でそう呟いた。

（だいたいいつも同じ反応だな……）

真凛の感想をいつも聞いている陽はそう思うのだが、人は本当に綺麗なものを見たり聞いたりした時は、語彙《ごい》力を失うことがある。

真凛はそういうタイプの人間なのだろう。

「今日はこれを見に来たんだもんね。やっぱり来てよかったと思うよ」

陽が真凛を見つめていると、凪沙《なぎさ》が隣に並んできた。

出遅れた佳純が凪沙に対してイラッとして睨《にら》んでくるけれど、凪沙は気にした様子もなく陽を見上げる。

「今日は誘ってくれてありがとうね。久しぶりに楽しい一日だったよ」

「満足してくれたなら助かる」

凪沙が満足げな笑みを浮かべてお礼を言ってきたので、陽も頷いて返した。

しかし——。

「最初は、『よくも僕を生贄《いけにえ》にしやがって!』とか、『あの鬼畜都合よし男!』とか、『修羅場でやられちゃえ!』とか思ったけどさ」

感謝していたと思ったら、急に陽に対して愚痴を言い始めた。

「うん、一発殴ってもいいか?」

「あはは、ごめんごめん」

イラッとした陽が握りこぶしを作ると、凪沙はかわいらしく笑って謝ってきた。

だから陽は拳を下ろす。

「まぁこれからも参加させてもらおうかなって思ってるよ」

「そうか、それはよかった」

おそらく、凪沙抜きの三人では場が収まらなくなるだろう。

陽が佳純を相手にしている時は真凛の相手をし、陽が真凛を相手にしている時は佳純の相手を凪沙がしてくれていたからこそ、特に大きな問題もなく今日は楽しめたのだ。

次回からも佳純と真凛の二人を連れて行くことになるなら、凪沙の存在は欠かせないと陽は思っていた。

「――むぅ……」

陽の右手側には真凛が、左手側には凪沙がいることで、陽の隣に並ぶことができない佳純は頬を膨らませていた。

そして凪沙と陽の会話が途切れたタイミングを見計らい、クイクイッと凪沙側の陽の服の袖を引っ張る。

「なんだ？」

「甘やかしを要求する」

既に坂で陽は真凛とくっついており、その不満解消として佳純は甘やかすことを要求してきた。

その言葉により、どうして佳純が暴れなくなったのかを凪沙は理解する。

だから、自分の場所を佳純へと譲って真凛の隣へと回り込んだ。

「後じゃ駄目なのか……？」

「今求める」

凪沙と真凛《まりん》が見ているところでは佳純を甘やかしたくない陽は、後にしろと言う。

しかし、既にかなり拗《す》ねている佳純は納得がいかないようで、首をブンブンと横に振った。

「でも、頭を撫《な》でるのは今無理だぞ……？」

佳純が納得しないので、陽は他の二人に聞かれないよう耳打ちをする。

すると、佳純はプック～ッと頬をパンパンに膨らませた。

だけど、ふとある考えが脳裏をよぎる。

「じゃあ、これでいい……」

そして、陽の腕にギュッと抱き着いてきた。

「お前……」

躊躇《ちゆうちよ》なく抱き着いてきたことで、陽は物言いたげな目を佳純に向ける。

それによって佳純は、拗ねた表情を陽に返した。

「何よ、秋実さんなんて何度も抱き着いていたじゃない」

「あれは坂がきついから支えになっただけだろ？」

「抱き着いたことには変わりない」

佳純が言っていることはもっともで、陽もただ坂を登る杖代《つえ》わりになっていたわけではない。

腕に抱き着く真凛の、柔らかい腕や胸をその身で感じてしまっていたのだ。

それは真凛も同じで、抱き着いている間陽の温《ぬく》もりを感じていた。

段々と真凛が素直になって最終的には自分から抱き着くのを求められたのも、陽にくっつけるのが嬉《うれ》しかったという一面がある。

だから佳純も、同じことをしているだけだと主張しているのだ。

「まぁ、じゃあ……仕方ないな」

これ以上否定すると佳純が怒りだすのが陽もわかっているので、諦めたようだ。

それにより、佳純はスリスリと頬ずりを陽の腕にしてくる。

完全に甘えん坊モードに入ってしまった。

「佳純、景色見なくていいのか？」

「大丈夫、見てる」

そう答える佳純だが、未《いま》だに陽の腕に頬ずりをしていた。

夕陽に染まる綺麗な景色など見ていない。

陽に甘えることに夢中になっているようだ。

（まぁ……いっか）

佳純は昔からこの調子なので、今更だと陽は思った。

だから気にせず、視線を夕陽に彩られる綺麗な街や海へと向ける。

しかし――。

「………」

陽が気にしないからといって、周りが気にしないわけではない。

陽と佳純がざわついていたせいで、佳純のおねだりに真凛は気が付いていたのだ。

今も、頬を小さく膨らませながら陽に甘える佳純を見ている。

何も言わないのは、昨日のことがあるので自分から邪魔をするようなことは言えないのだろう。

(陽君も罪な男だなぁ……)

当然凪沙もそのことには気が付いており、真凛が拗ねていることにも気が付いている。

陽が真凛の気持ちに気が付いていないということはわかるけれど、懐いていることには気が付いているはずだ。

それなのに、これは無神経すぎないか、と凪沙は思う。

しかしこの手のことを陽に言っても無駄だ。

甘えているのは佳純のほうで、優しい陽はそれを受けて入れているだけなのだから。

真凛が陽の彼女でない以上、甘えてくる佳純のことを拒絶しろと言うのもおかしい。

そのため凪沙は、この場合どうするのが一番なのか考える。

そして――

「真凛ちゃんも、同じように陽君に甘えなよ」

――真凛を唆すことにした。

「ふぇっ!?　な、凪沙ちゃん!?」

陽《よう》に気を取られていた真凛は、凪沙に耳打ちをされて驚いた声を出してしまう。

「どうした？」

真凛の声に陽が反応して声をかけてきたが、それを凪沙が『いやいや』と手を横に振って誤魔化した。

だから陽は視線を夕陽へと戻す。

「駄目だよ、そんなに驚いた声を出しちゃあ」

「な、凪沙ちゃんがいきなり変なことを言うからですよ……！」

二人は陽たちから少し距離を取り、コソコソと話し始める。

陽はその様子が気になるが、真凛が凪沙と話すのはいいことだと思い、気にしないよう努めた。

「変なことじゃないよ。ただ単に、甘えたらいいよって言ってるだけなんだから」

「十分変なことです……！　そんなことできませんよ……！」

真凛は顔を真っ赤にしてブンブンと首を横に振る。

すると、凪沙は試すような意地の悪い笑みを浮かべた。

「ふ～ん？」

「な、なんですか……？」

「いや、坂で抱き着いて甘えてたのに、何を言ってるのかなぁって」

陽に甘えていたことが凪沙にバレていたので、真凛は真っ赤にした顔を両手で隠してしまう。

「～～～～っ！」

そしてジタバタと悶《もだ》えてしまった。

「こらこら、暴れないの。陽君にまた気付かれちゃうじゃん」

「ではからかわないでください……！」

真凛を窘《たしな》める凪沙に対して、真凛は恥ずかしそうに怒ってしまう。

そんな真凛のことを凪沙はかわいいと思うけれど、真凛が限界そうなのでこれ以上は突《つつ》かない。

その代わり、一つ助言をすることにした。

「前に言ったでしょ？　相手は強敵だって。佳純《かすみ》ちゃん、とうとう外でも関係なしに甘えだしたよ。あれに対抗するには、真凛ちゃんも他人の目なんて気にせずに陽君に甘えないと」

「そんな恥ずかしいことできませんよ……！」

「じゃあ、佳純ちゃんに陽君を盗《と》られてもいいの？」

「――っ」

凪沙が真剣な表情と声で言うと、真凛は思わず息を呑《の》んでしまう。

陽と佳純が付き合い始める――そう考えただけで、ギュッと胸が締め付けられた。

「陽君は素っ気ないから勘違いされやすいけど、実は甘やかすのが凄《すご》く好きな人なんだ。知ってる？　飼い猫になんてめっちゃくちゃ甘いからね、彼は」

真凛はよく陽と電話をするけれど、確かに陽の傍《そば》にはいつもにゃ～さんがいる。

陽からにゃ～さんを呼んでいるのか、にゃ～さんが陽に擦り寄っているのかはわからないけれど、一緒にいるのは陽がにゃ～さんをかわいがっているからだろう。

「でも、あれはにゃ～さんが猫だから……」

「うぅん、それは違うよ。君だって、甘えても陽君は拒絶しなかったでしょ？」

「そ、それは……はい……」

真凛が陽の肩に頭を預けたりしても、陽は嫌がらなかった。

それに昼間、天空の鳥居を訪れた時陽に迷惑をかけて落ち込むと、陽は頭を撫でて慰めてきた。

頭を撫でるという行いが、陽が甘やかすことを好きとしているのではないかと連想させてしまう。

「思い当たるところがあるみたいだね。陽君は自分の周りのみ、甘やかすようになるんだよ。そして、甘えるのが大好きな佳純ちゃんとは相性が凄くいいんだ」

「で、でも、二人は一度うまくいかなかったではないですか……」

「あれは佳純ちゃんが陽君を縛りすぎたからだよ。でも、佳純ちゃんを突き放したことを陽君は後悔している。彼は二度同じ過ちは犯さない人間だよ。だから、佳純ちゃんに負けないよう真凛ちゃんもアピールしないと」

「…………」

凪沙《なぎさ》に説得され、真凛は黙って考え込む。

陽には甘えたいと思う。

だけど、佳純を甘やかしている状況で自分は拒絶された場合、もう立ち直れないと思ってしまった。

だから一歩が踏み出せない。

しかし、真凛が勇気を振り絞れないと凪沙は気が付き、更にもう一歩踏み込むことにした。

「ここで一歩を踏み出せずに、佳純ちゃんに負けてから後悔しても遅いんだよ？」

「――っ」

凪沙に『負けてから後悔しても遅い』と言われた真凛は、晴喜《はるき》を巡って佳純に敗北した時のことを思い出した。

あの時は事実を知らなかったので、遠慮した自分が佳純の魅力に勝てなかったんだと思った。

元々は佳純に憧れを抱いていたこともあり、自分では勝てないという若干の諦めもあったのだろう。

だが、やはり決着した時は、凄く後悔をした。

あの時ああしていれば——そんなことをどれだけ考えただろうか。

このままでは、晴喜の時と同じ思いをする。

そう理解した真凜の瞳には、強い意志が宿った。

「私、行ってきます……！」

「うん、頑張って」

真凜が覚悟を決めたことで、凪沙は笑みを浮かべながら頷《うなず》いた。

そして、陽のもとを目指す真凜の背中を見つめながら、一人ヒッソリと思う。

（ほんと、佳純ちゃんも真凜ちゃんも手がかかるなぁ……。どっちが選ばれるかなんて僕にもわからないけど、中途半端にやるくらいなら、後腐れなくとことんやってもらわないとね。この状況を招いたのは陽君だし、悪化させ続けているのも陽君なんだから、ちゃんと責任は取ってもらわないと）

凪沙の目的は、この三角関係を問題なく不時着させることだ。

そのためなら、どんな手でも使う覚悟を決めていた。

それが過去に自分を正して救ってくれた、陽への恩返しになると思ったから。

（——いっそのこと、海外に行って二人とも娶《めと》ればいいのに）

凪沙はそんなことを考えながら、夕陽《ゆうひ》へと視線を向けるのだった。

◆

「――よ、陽君」

凪沙のもとを離れた真凛《まりん》は、緊張した面持ちで陽に声を掛けてきた。

だから陽も視線を真凛へと向ける。

「どうした？」

「あ、あの……！　わ、私も、抱きついてもよろちいでしょうか……!?」

（――か、噛《か》んじゃった……！）

意を決して陽にお願いした真凛だが、緊張のあまり言葉を噛んでしまった。

それによりカァーッと全身が熱くなり、恥ずかしさのあまり涙が出てしまう。

だけど陽は真凛のお願いに驚いているので、それどころではなかった。

「きゅ、急にどうしたんだ……？　あっ、凪沙になんか命令されたのか……？」

陽が戸惑っていることで、真凛はハッと我に返る。

このままだと、陽に変な誤解を与えて勘違いをされてしまうかもしれない、と思った。

真凛だって、陽がこういう時鈍感な人間だということには気が付いているのだ。

「わ、私の意思です……！」

顔を真っ赤にして主張する真凛の顔からは、一生懸命さが感じられて嘘《うそ》には思えない。

何より、真凛がこういう嘘をつかない人間だということを陽はよく知っている。

（どういうことだ……？　凪沙のことが好きなんじゃなかったのか……？）

そう疑問に思う陽だが、真凛には遠慮なく自分の要求を言っていいと伝えている。

だから、真凛のこの要求を断るわけにはいかなかった。

「わかった……好きにするといい」

陽はなんとか動揺を顔に出さないよう努め、空いている右手を真凛へと差し出す。

すると、真凛はとても嬉《うれ》しそうに抱き着いてきた。

「あっ……ありがとうございます、陽君……！」

「どういたしまして……」

右手には金髪美少女。

左手には黒髪美少女という両手に花状態になってしまった陽。

夕陽に染まる綺麗《きれい》な風景を眺めながら、どうしてこんなことになったのか自問自答し続けることになるのだった。

◆

「――根本《ねもと》さん、少しよろしいでしょうか？」

陽から佳純たちと先にタクシーに戻るよう言われた真凛は、坂を下りながら佳純へと声を掛けた。

実は陽の腕に抱き着いて夕陽を見ていた時、真凛はある決心をしていたのだ。

だから陽がいなくなったこのタイミングで佳純に声をかけた。

「何？」

佳純は陽に抱き着いていたデレデレの表情の面影は一切なく、クールな様子で首を傾《かし》げて真凛を見てくる。

もはや別人と思うくらいの変わりようだ。

「根本さんは、陽君のことがお好き……ということでよろしいのですよね？」

真凛にそう尋ねられた佳純は、驚いたように一瞬目を見開く。

しかし、すぐにニヤッと笑みを浮かべた。

「えぇ、そうよ。幼い頃から私は陽のことが大好き。それが何か？」

改めて言葉にされたことで、真凛の瞳は若干揺れてしまう。

だけど、気迫に負けないようにギュッと腕に力を込めて口を開いた。

「わ、私も、陽君のことが好きです……！　ですから、これからは遠慮なく陽君に甘えます……！」

それは、真凛から佳純への宣戦布告だった。

真凛は争いごとに向かない性格をしている。

そのことは自分が一番理解していたので、いざという時に自分が言い訳をして逃げないよう、宣戦布告をして自分の逃げ道をなくしたのだ。

しかし同時に、真凛の宣戦布告は佳純の闘争心を焚《た》きつけてしまった。

佳純にとっては陽《よう》が全てなので、その陽を奪うと言われた以上黙ってはいられない。

「まさか、あなたに宣戦布告される日が来るなんてね……。好きにすればいいと思うわ」

佳純は静かに闘争心を燃やしながら、真凛に笑顔を返した。

自分が負けるなんて一つも思ってはいない。

むしろ、真凛が甘えれば甘えるほど、自分は陽に甘やかしてもらえるのだ。

陽が真凛に手を出す可能性がない以上、真凛が甘えることは佳純にとってメリットしかなかった。

だから、こんなにも強気なのだ。

（――ふふ、陽君がんばれ～）

静かに火花を散らす二人を見つめながら、これから巻き起こる甘えん坊対決――いや、修羅場が凪沙は楽しみになるのだった。

あとがき

まず初めに、『負けしゅら』二巻をお手にとって頂き、ありがとうございます！

担当編集者さん、ｐｉｙｏｐｏｙｏ先生をはじめとした、書籍化する際に携わって頂いた関係者の皆様、今作もご助力頂き本当にありがとうございます。

担当編集者さんには、こまめに打ち合わせして頂いて感謝しております。

また、ｐｉｙｏｐｏｙｏ先生にはいつも素敵なイラストを描いて頂けて、嬉《うれ》しい限りです。

本当にありがとうございます。

さて、少し今作に触れさせて頂きますが、今回で新しい修羅場が生まれましたね。

これからあの三人――いや、四人がどうなるのか、修羅場好きのネコクロはワクワクが止まりません。

また、個人的にヒロインと旅行をして楽しむ物語は書いてて凄《すご》く楽しいので、また沢山書きたいですね。

ということで、三巻でもお会いできますと幸いです。

再度になりますが、本当に『負けしゅら』二巻をお手にとって頂き、ありがとうございました！

OVERLAP

負けヒロインと俺が付き合っていると周りから勘違いされ、幼馴染みと修羅場になった 2

発　　行　2023年1月25日　初版第一刷発行

著　　者　ネコクロ
発 行 者　永田勝治
発 行 所　株式会社オーバーラップ
〒141-0031　東京都品川区西五反田 8-1-5
校正・DTP　株式会社鷗来堂
印刷・製本　大日本印刷株式会社

Printed in Japan　ISBN 978-4-8240-0390-4 C0193